DEPREDADORES
DE LA REALIDAD A LA FICCIÓN

MUJERES CON VOZ DE TINTA
DEPREDADORES
DE LA REALIDAD A LA FICCIÓN

PRÓLOGO Y SELECCIÓN
JORGE PACHECO ZAVALA

librerío

1a. edición, septiembre de 2023
ISBN: 9798860038240

© DEPREDADORES: DE LA REALIDAD A LA FICCIÓN
© Todos los derechos reservados.
© Voz de Tinta
© Librerío Editores coedición
www.librerioeditores.com.mx

Diseño de portada: @edgarpacheco

Queda prohibida toda la reproducción total, parcial o cualquier forma de plagio de esta obra sin previo consentimiento por escrito del autor o editor, caso contrario será sancionado conforme a la Ley de Derechos de Autor.

Contenido

Tras las Huellas del Minotauro
Gabriela Andrade Lucero……………………......9

Qué Miedo
Arcelia Mejia Nava…………………………19

El Secreto
Lorena Ericka Vázquez Toscano………………...29

Ooch y Tsáab
Adrianna Iscela Flores Montejano………………......35

La Salamandra Negra
Emilia G. Iturbide…………………………...45

Lo Conocí cuando tenía 6 años
Lorena Trassburger Gayol……………………......51

Desalmado
María Arcelia Rodríguez Vargas………………61

Lentilla
Charo Ordóñez…………………………...69

Bendito Sea el Santo Patrono
Patricia Escobedo Guzmán……………………79

Aves Nocturnas
Magda Balero………………….....................87

El Clavel Rojo
Elizabeth Aréstegui González 97

Sin Conciencia
Aidé Mata...105

Elena
Laura Elena Ponce.....................................117

El Castillo de las Flores
Ana Margarita Andrade Palacios....................129

PRÓLOGO

La realidad es un monstruo que oprime, es un verdugo que asesina sueños, es un látigo que flagela a quienes se someten a su juicio.

La realidad es ese ente voraz con el que nos encontramos cada día, durante toda nuestra existencia, ya sea en la regadera o en medio del tráfico de una gran ciudad.

La realidad existe y, sin embargo, a la par de la realidad, también existe la ficción producto de la imaginación. Los mundos imaginados son algunas veces mundos lúdicos, otras tantas aparecen para hacer que la propia realidad sea más digerible.

En esta antología llamada DEPREDADORES, hemos desafiado a 14 autoras para que construyan historias cuyo punto de partida sea la cruda realidad, y para que a medida que la historia avance, toda la arquitectura vaya tornándose en un producto de la imaginación.

La ficción es un mundo, y lo es al grado tal que tiene la capacidad de decir y mostrar ciertas cosas que la propia realidad no puede y no debería mostrar…

Tras las huellas del Minotauro

GABRIELA ANDRADE LUCERO

Ariadna Cienfuegos se sentó en su escritorio, se masajeó la parte central de la nariz y miró afuera por la ventana de su oficina. En ese instante, desde el Edificio de la Policía Nacional, las luces de Aurora se elevaban hasta la cúpula superior. El domo, tomaba un aspecto fantasmal cuando la noche se reflejaba en su superficie. Por las calles se creaba una bruma que surgía de la humedad y el encierro de los entornos naturales. La niebla sólo permitía ver las copas de los edificios. Era densa y ocultaba a los habitantes de la metrópoli.

La detective tomó una taza de café que estaba sobre su escritorio y dio un sorbo. Torció la nariz. Estaba frío. Abrió el cajón superior de su escritorio, sacó un mapa de la ciudad y lo pegó en la pared detrás de su silla. Un laberinto. Ariadna pasó los dedos por las líneas azules que torcían a un lado y otro con sus formas paralelas y cruzadas. Un rizoma, un tejido vivo en cuyo interior podía encontrar lo que estaba buscando, o, más bien, a quien estaba buscando. Pensó que estaba ahí, en el centro de aquel entresijo, el asesino. Observó el río que atravesaba la ciudad, los límites del domo y las antiguas minas. Miró las calles construidas sobre los desniveles de la tierra tratando de definir dónde se podría ocultar. Había asesinado ya a tres mujeres. No lo conocía lo suficiente. Si ella entendía quién era él, podría lograr lo que nadie había podido, atraparlo.

-o-

La vieja fábrica se encontraba en lo más hondo de la ciudad. Estaba abandonada. Ariadna miró la fachada oxidada, sacó la pistola, quitó el seguro y descendió por el camino. La penumbra iba siendo cada vez más profunda y el bochorno se volvía cada vez más penetrante.

Ariadna avanzó y no podía quitarse los detalles del caso. Tres mujeres, colgadas de los tobillos, con el cuello cortado y desangradas hasta morir. Lin Sung, Elsa Costello, y Daniela Saetang. El asesino usaba una base con tres varillas unidas en la parte superior para amarrarlas de los pies y cortar la garganta de sus víctimas.

"¿Qué podía significar la violencia en un mundo que reventaba? Ellos se encontraban en una burbuja", pensó. Los que estaban ahí, sólo eran los hijos de los que se habían resguardado en ese lugar cuando todo había colapsado. ¿Lo merecían? En principio había sospechado de Volker Schmidt, el hijo de una renombrada familia en Aurora. Había tenido relación con las tres víctimas. Cuando había ido a verlo, el muy imbécil le había respondido "Estar con varias mujeres no es un delito. Me gusta cogérmelas, no desangrarlas". Ella había jurado que Volker Schmidt era culpable.

En una de las fotografías del archivo de Lin Sung, era posible ver a la mujer degollada y colgando con el pelo negro y los brazos lánguidos. La piel asemejaba una estatua de mármol. Estaba completamente desnuda. A su alrededor un hondo charco de sangre contrastaba con la blancura del cuerpo.

Ariadna sintió el corazón en la garganta y supo, que, una vez atravesado el umbral no había forma de predecir el resultado.

La puerta de metal de la fábrica se imponía con las rayas salitrosas de humedad. Ariadna la empujó y la puerta chirrió al abrirse. Por un momento dudó si debía entrar. Sabía que la estaba esperando. Recordó su mirada la primera vez, los ojos marrones, oscuros como un hoyo negro interminable, una nada en la que entraba la luz para ser tragada y compactada. Lo había tenido justo enfrente y había sido incapaz de reconocerle. Lo había visto y él le había sonreído con esos dientes afilados como sierras diminutas.

Ariadna sacó la pistola de su cinturón y sintió su peso reconfortarle en la obscuridad. La luz de la luna entraba desde el centro de la construcción, a través de lo que había sido un techo de cristal. Entre los dos pisos de la fábrica, los cuartos se multiplicaban a los lados infinitos. Había tantos lugares para ocultarse que Ariadna sintió que nunca lo encontraría. Entonces, una estructura de metal crujió más adelante y sintió su mirada sobre ella. Ambos permanecieron quietos. Ella trató de localizarlo. No podía verlo. Sentía su mirada densa recorrer su cuerpo. Estaba entre las sombras. Lo sintió acercarse. Ariadna pegó el cuerpo a la pared y empezó a deslizarse hacia los cuartos para inspeccionarlos.

Volker sólo era un idiota misógino. Todavía le molestaban sus palabras "¿No le parece fascinante la reacción de la gente? Mi padre creyó que la ciudad se volvería loca ¡El primer asesino en serie de Aurora!, pero en realidad no afectó a nadie". Le molestaba porque tenía razón. Nadie se había molestado por saber qué había sucedido. Por eso le habían dado el caso a ella. Un caso insignificante para una policía insignificante.

Ariadna escuchó un sonido detrás. Podía sentir su respiración por momentos. Una respiración entrecortada, jadeante. No podía contener el anhelo de tenerla ahí. Ariadna entró a una de las recámaras y se ocultó en la esquina. El viento soplaba y movía una cortina en la ventana. Sentía un rumoreo nervioso en el pecho. Esperaba que entrara por una de las puertas. Las bandas de producción permanecían paradas y atravesaban el lugar de un lado a otro. Del techo pendían los brazos mecánicos de ensamblaje. Las computadoras estaban llenas de polvo y telarañas, con las pantallas negras reflejando su propia imagen en una espera insoportable.

"Guerras, un mundo hecho mierda. Ya nadie puede preocuparse por una muerte más cuando todo se va al carajo", le había dicho Volker. Era verdad. Cuando el mundo colapsó, cuando sólo quedó Aurora, la humanidad perdió significado. ¿Era realmente importante la vida de tres mujeres cuando se había destruido todo?

Imaginó a Daniela Saetang llorando con una mordaza en la boca, él acercándose hasta que ella pudiera percibir su respiración. Daniela tratando de gritar. Él colocando el cuchillo en la garganta. El filo clavándose en la carne y la mano del hombre presionando. La carne abriendo una herida punzante. La sangre fluyendo a borbotones y mojando el vestido de flores de Daniela Saetang. El suelo con una viscosidad repugnante. Él desvistiéndola, colgándola de los pies para sacar hasta la última gota de sangre. Era necesario detenerlo. No podía volver a pasar.

Entonces lo escuchó gritar: "¿Se va a esconder toda la noche, detective, o va a venir por mí?" El sonido rebotó por las paredes de la fábrica. Venía del segundo piso, se había colado hacia las baldosas del azulejo y había rebotado por la habitación donde se encontraba refugiada Ariadna Cienfuegos. Ella sabía que era una provocación. Apretó el puño de la pistola y siguió el hilo hacia el centro del laberinto.

Subió por las escaleras de emergencia, sus pasos resonaban en la obscuridad. Alcanzó a ver una figura deslizarse frente a ella. Por el balcón central, una sombra se elevaba amenazante y supo que era él. Apuntó y jaló el gatillo, la bala fulguró con un tronido y falló. Podía sentir su excitación, el pesado cuerpo agazapado, esperando para dejarse ir y desatar el horror.

Había verificado la coartada de Volker Schmidt. Efectivamente, había estado en el Consejo el día del asesinato de Elsa Costello. Los asesinatos se habían realizado con un cuchillo de cocina, no había huellas ni testigos. Pero el asesino había impreso su propio rastro, le estaba dando todos los elementos. La sangre en el piso, el contraste con los cuerpos, la belleza de las mujeres, su riqueza, y que las tres hubieran estado con Volker Schmidt. Tenía que presumirlo. Era un hombre que deseaba ser visto, alguien que necesitaba sentir el poder y la admiración de los otros. En la última escena él había dejado algo para ella. Sólo una variación. Enfrente de la escena del crimen, en el suelo, un reloj de leontina. El mensaje era claro: el tiempo se acababa.

Recordó la cólera que la había impulsado a ir con Niklaus Schmidt, el venerable padre de Volker Schmidt. Uno de los políticos más importantes de la ciudad. ¡Cuánta razón había tenido al decírselo! Era natural que un padre cubriera a su hijo. Pero no era a Volker a quien cubría Niklaus Schmidt. No, Niklaus Schmidt era el padre de un monstruo que él mismo había ayudado a crear. Lo supo cuando vio la fotografía de la familia Schmidt en el velorio de su difunta esposa, que se había suicidado al conocer realmente quién era su esposo. En la imagen estaban los tres hombres, con la misma forma de pararse, los mismos gestos, la misma dureza en el rostro. Entonces lo había entendido. El mayordomo de los Schmidt, quien le había abierto la puerta cada vez que había ido a esa mansión maldita, era el hijo bastardo de Niklaus Schmidt.

Un niño que ni su propia madre había querido y que había llegado al mundo a observar cómo su hermano lo tenía todo mientras él vivía en los barrios del Centro sin un centavo, para crecer y ser el criado de su propio hermano. El hijo de las sucesivas violaciones de Niklaus Schmidt a su criada, "No es un amorío si tu patrón se mete a tu cuarto durante las noches ¿o sí?", le había cuestionado Aleida Toro cuando había ido a preguntar por la relación con Niklaus Schmidt. Ella misma le había dicho dónde encontrarlo con la mayor indiferencia, a él, el asesino de Aurora: Ricardo Toro.

Una figura salió de las sombras, trató de voltear, era demasiado tarde. El hombre la golpeó con un objeto pesado en la cabeza. Ella perdió el conocimiento.

Al despertar estaba amarrada a una silla. Ricardo Toro tenía su pistola en las manos y, junto a él, estaba recargado en la pared el pedazo de tubería con el que le había pegado. Toro sonrió y dejó ver sus dientes afilados:

—Buenas tardes, señorita Cienfuegos, es un placer volver a verle.

Dejó la pistola en un archivero que se encontraba junto a él y comenzó a caminar hacia ella. Ariadna escupió en el suelo.

—Maldito enfermo, ¿lo haces por celos de tu hermano? –Lo estaba provocando.

Toro se puso de cuclillas, sacó un cuchillo de su cinturón y comenzó a jugar con él.

—Llevaba tiempo pensando en cómo se sentiría tener lo mismo, poder gozar de esas mujeres hermosas. Pero no, esto no es por celos. Esto es un sacrificio a esta ciudad, dominada por el vicio, el lugar donde sólo los monstruos pueden sobrevivir.

—¿Como tu padre?

—Como mi padre. Justo como él. Ya no importa lo que hagamos, porque somos capaces de hacer cualquier cosa. Podemos tener a quien deseemos, hacer su carne nuestra, profanar sus cuerpos. Quizá en eso nos parecemos a los dioses ¿no cree?

No son dioses.

Toro sonrió una vez más.

—Ya veremos.

Toro salió del cuarto. El silencio se impuso hasta que Ariadna escuchó que arrastraba algo metálico. Entonces sintió cómo se helaba su sangre, parecía un hilillo invisible que le bajaba por el cuello. Era la base. El trípode en el que colocaría su cuerpo desnudo, desangrado, para vaciarla.

Trató de desatarse, jaló con todas sus fuerzas y el dolor en las muñecas se elevó por el brazo hasta el oído. La cuerda no cedía. Toro silbaba una canción de cuna y Ariadna comenzó a sentir una presión en el pecho, le faltaba el aire, no podía pensar, no podía respirar. Hasta que, en algún punto, en medio de la desesperación, sintió un borde en la silla.

Comenzó a tallar la cuerda para cortarla cuando escuchó los pasos de Toro acercarse con un compás tranquilo. Ariadna trataba de soltarse, el asesino apareció por el otro lado de la puerta caminando. Ariadna sintió el llanto subir hasta su garganta. Él se colocó detrás de ella, la tomó por la barbilla, acercó su aliento a su mejilla y con suavidad acercó el cuchillo a su garganta desnuda.

—Eres muy hermosa – le dijo.

Ariadna Cienfuegos metió el brazo que había logrado liberar, alejó el cuchillo. Él trató de detenerla, pero ella pudo deslizarse entre sus manos y cayó al suelo. Necesitaba alcanzar la pistola. Toro la tomó de un tobillo. Era un monstruo, su figura gigantesca se elevaba en la obscuridad, sentía el peso de su cuerpo encima del suyo, sus manos tomando sus piernas, su respiración jadeando para someterla. Le dio una patada en el rostro y consiguió liberarse. Tomó su arma, apuntó e hizo fuego.

De un golpe seco, el cuerpo de Ricardo Toro cayó. Estaba muerto con un agujero de bala en la frente. Ariadna aún temblaba. Comenzó a llorar sin control. Mientras, el retumbar de la bala aún quedaba flotando en el ambiente y, poco a poco, el silencio volvía una vez más a la fábrica abandonada. Había matado al monstruo del laberinto. Pero él había cambiado algo en su interior, algo que no se iría nunca, los recuerdos de él sobre su cuerpo y la carne profanada permanecerían siempre con ella.

Qué Miedo

ARCELIA MEJIA NAVA

Qué miedo da, qué miedo…

Que el terror de tus noches se incorpore del suelo.

Que el fondo gris del tiempo se revuelque en tu cuerpo, mientras tu pesadilla comparte tus recuerdos.

Qué miedo es que se acueste contigo entre tu lecho; que te mida los pasos con la vista, sereno; que saboree el aroma de la brisa, tu aliento; cálida presa inerte hundiéndose entre el hielo.

Qué miedo ser la musa con cencerro en el cuello y saber o ignorarle pendiente de tus tiempos.

Qué miedo escuchar voces que rondan en tus sueños, o calzarte unas botas que ajustan en exceso.

Qué miedo tantas niñas, que buscando un anhelo se mueren entre sombras soñando con un beso, atención y cuidado del príncipe perfecto que describen los cuentos.

Qué miedo verte sola frente al mundo fingiendo, que tienes armadura, escudo, lanza y yelmo.

Qué miedo que la música que endulza tu desvelo, azuce los demonios del animal del cuento; que el deseo carcomido del cíclope sediento se sacie con tu sombra, con tu sangre o tu cuerpo.

Qué miedo que te acechen, que miedo y desaliento.

Qué miedo ser carnada, presa sorda o encuentro con algún ser diabólico, con algún ser siniestro; carne fresca de mentes enfermas de desvelo, que ensalzan bacanales de vicios y tormento.

Qué miedo que te mueras enfrente de un enfermo y ser musa en su vago y absurdo descontento; incitando dragones, lobos y monstruos fieros mientras se van vaciando tus venas en silencio.

Qué miedo, sí. Qué miedo terminar entre gritos desgajados y eternos.

Soy mujer y me sobran, me sobran tantos miedos forjados por los viles del mundo negro y ciego; miedos que se revuelcan diario, entre los recuerdos de nombres que quedaron flotando sobre el viento.

Tumbas hondas y mudas cimbradas por recuerdos, que escasamente, a veces, surgen entre algún verso.

PAGARÉ VENCIDO

¿Existe un punto de "no retorno" para las almas?

Cami salía diariamente por las noches, se paraba en alguna esquina o cruzaba una plaza en busca de algún cliente; a veces parques, bares, callejones solitarios, calles sin pavimento. Se movía en lugares que no cualquiera anda; y es que ahí, es donde nunca faltaba quien siguiera sus tacones hasta algún rincón.

Era difícil sobrevivir en un mundo motivado por el dinero, la codicia y la voracidad; por eso debía aprovechar las madrugadas al máximo, no podía darse el lujo de no salir, aunque no tenía la obligación de pagar renta de la tapia que ocupaba, el hambre la acechaba cada mañana.

El callejón tercero era uno de sus lugares favoritos. Escaleras metálicas mordidas por el óxido, puertas clausuradas con marcos de telaraña en sus extremos, adoquines antiguos ajustados con arenilla fina que bajo el yugo del tiempo se tornaron en costras de mugre, arena y orina; era común que aquel rincón fuera el mingitorio improvisado de los transeúntes de la calle Mireles; así, a pesar de la peste le gustaba el lugar, era zona segura para ella. En punto de las doce, se calzaba las zapatillas rojas, un vestido ligero y caminaba sobre la avenida a pasos lentos, alargando cada zancada en el tiempo, dándoles pauta a ellos de admirarla. En ocasiones se aligeraba el pelo con los dedos, sacudiéndolo un poco cuando algún carro oscuro le emparejaba el paso, o si alguna mirada devoradora la desnudaba en medio de su caminata; ella daba vuelta en aquel callejón, abría su bolso y tomaba su labial acostumbrado para vestirse los labios de "terracota wine", el tono irresistible para ellos.

Era conocida como la Cami, el barrio se había acostumbrado a ella, a sus tacones altos, a la maraña que le coronaba la cabeza con destellos rubios despintados, a las colillas de cigarro en la puerta de la tapia que usaba como casa y a la ínfima ropa colgada en el tendedero enfrente de la puerta. No tenía un apellido, solo "la Cami ", y aunque muchos vecinos procuraban no verla, ella lucía orgullosa sus tacones rojo cereza cada madrugada; aunque no eran los únicos que tenía, eran los que le garantizaban compañía, clientes al acecho.

El último que tuvo fue el cliente del martes, ya era viernes y el hambre le apretaba las tripas. Lavó el vestido amarillo y lo colgó en el tendedero para secarlo al sol y extinguir las manchas en él. Contó las horas hasta el anochecer, se cepilló el cabello alborotado, se calzó el vestido y se puso sus zapatillas favoritas; se colgó el bolso y cruzó la cortina de la tapia.

El suave taconeo de la Cami acompasó la noche de la calle Mireles; columpiaba su bolso al ritmo de la pierna izquierda, escoltando la abierta del diminuto vestido que remataba por encima de su cadera. Al cabo de pocos minutos, alguien mordió el anzuelo…

Rubén se ocultaba entre los bares, era su tercera noche en el suburbio y sus ansias estaban exacerbadas. Su más reciente víctima fue una estudiante de Nuevo México, pasó interminables noches a su lado hasta que se cansó y la apuñalo 53 veces; el cuerpo de la chica perdió la forma entre surcos amoratados de mordidas y erupciones pausadas de sangre desbordando los 53 cortes. Tomó un hacha de la pared y cortó en partes lo que quedaba de su obra, luego fue a tirarlo en cachos sobre Heron Lake. Volvió a la cabaña y de forma apresurada se colgó la mochila al hombro, sacó el bidón y roció el piso completo, luego, debajo de los escalones de la puerta exterior encendió el cerillo que acabó con la escena de aquel crimen.

A diez días de viaje y más de 1500 kilómetros de distancia, el corazón de Rubén se aceleró al paso de los tacones de la Cami; el contoneo de sus caderas lo arrastró hasta el fondo de aquel callejón.

Era perfecta, una más de las muchas sin nombre, no una niña de casa; a esta nadie la extrañaría.

En el resguardo de la luna ausente, entre aromas de orina y hedores de la noche la imaginó tendida sobre el piso, vaciándose las venas mientras él extasiado la ultrajaba completa. La imagen en su mente le derramó recuerdos vívidos, metió la mano en el bolso de su pantalón y sintió el frío metal de la navaja. La Cami, que ya se había percatado de su presencia unos pasos detrás de ella, dio media vuelta mientras continuaba avanzando lentamente hacia atrás en un leve coqueteo por atraer a Rubén, su cliente de la noche. Se frenó al tocar con su espalda la pared del fondo del callejón, recargó un pie sobre ella y abrió su bolso; cubrió delicadamente sus labios de "terracota wine" esbozando una sonrisa coqueta para el cliente. Rubén apuró el paso mientras sacaba la navaja del bolsillo y desabrochaba su pantalón, presionó un borde y el filo impecable de la hoja cortó el aire de un tajo frente a la Cami al tiempo que dejaba caer su pantalón empujado por la trusa percudida. Ella solo sonrió.

El "terracota wine" sobre sus labios se extendió lentamente sobre una siniestra sonrisa, tomó la mano de Rubén y con su propia navaja le abrió el abrió el pecho; la delicada prostituta del callejón tercero se retorció completa, dando espacio en su cuerpo a un ser diabólico que se manifestaba ante los ojos incrédulos del incauto.

—¿Qué eres? —preguntó el moribundo en tono incrédulo.

—El "custos damnatorum", demonio del averno— respondió la informe criatura que tenía frente a él—. Te ha llegado la hora, realmente ya no sirves. Eres una especie de pagaré vencido y yo los cobro— añadió en tono irónico.

—Dame tiempo— suplicó el moribundo.

—Las almas que atormentas no le pertenecen al amo, todas ellas se salvan. Y la tuya— la criatura bufa— está tan pervertida que eres negocio cerrado. Hay que darle a los demás espacio y oportunidad para depravarse, que se pierdan completos. Mientras exista un dejo de esperanza de arrepentimiento en alguno, son almas que aún se nos pueden ir vivas. Esas son las que requieren todavía tiempo para para perderse, las que apenas inician en nuestros caminos. ¡Para firmar su sentencia en el infierno que es a donde tú vas! — refirió la criatura.

El "custos damnatorum" se volcó sobre el cuerpo de Rubén, sumergió la mandíbula en su pecho y comenzó a comer. Las sombras del entorno se volcaron sedientas disfrutando los gritos; al término del banquete, arrastraron el alma de aquel hombre hasta el séptimo círculo del infierno para arrojarla al río de sangre hirviente.

Sobre la calle Mireles el taconeo de la Cami se aleja lentamente rumbo a su tapia al amanecer, mientras, una hebra de su vestido ondea de forma alborotada teñida de carmín.

El Secreto

LORENA ERICKA VÁZQUEZ TOSCANO

Tenía que poner en orden mi cuarto y controlar el miedo que acompañaba mis noches, ya que el abuelo me había advertido que, si para el viernes mi habitación no estaba impecable o me volvía a escapar de casa, iba a llevarse mis libros favoritos directo a la basura y eso no lo podía permitir, el año pasado que estuve enferma de varicela, aprovechó para quemar varios de los libros que habían sido de mi madre, cuando el jardinero me avisó, se habían consumido por completo y nada pude hacer. Lloré toda una semana, sin que él se inmutará ante mis reclamos o se conmoviera ante mi sufrimiento, la lectura era uno de los pocos lujos que se me concedían, además de ir a mi clase de ballet, únicos momentos en que me sentía libre del control que ese anciano ejercía sobre mí. Ya que las demás clases las recibía en la vieja casona ante la mirada inexpresiva del abuelo, que no permitía ninguna risa o distracción.

Esa casa se había convertido en mi hogar tras la muerte de mi madre, el lugar me asfixiaba, siempre con sus cortinajes cerrados para impedir el paso de la luz, parecía que vivíamos en una noche eterna, sus ventanas enrejadas me recordaban siempre a una prisión en la que el abuelo era mi carcelero y aunque había quien hiciera la limpieza de mi cuarto, él se empeñaba en que fuera yo quien se encargara.

Pensé en contarle que por las noches me escapaba, porque en mis sueños unas voces infantiles inundaban mi cuarto pidiendo ayuda y que en el espejo veía los rostros de unas niñas que tenían los ojos color avellana igual que yo, pero a las que nunca reconocí, aun después de despertar las seguía escuchando por un largo rato y entonces sentía que las paredes del cuarto se convertían en mi cárcel y me faltaba el aire, por eso salía corriendo en la madrugada, buscando la frescura de la noche, pero seguramente no iba a creerme, pensando que era mi pretexto para justificar la poca atención que ponía en mis clases, o peor aún, me llevaría al médico, como había hecho con mi madre, desde que acudió a ese lugar pasaba la mayor parte del tiempo dormida y cuando estaba despierta, parecía no reconocerme y nunca hablaba.

Decidí esconder mis libros favoritos, por si las dudas y pensé en el mejor lugar, detrás del viejo espejo, lo moví con cuidado, pero su peso era mayor de lo que había creído y el ruido se escuchó por toda la casa y si el abuelo se daba cuenta subiría inmediatamente, tenía el oído muy fino y nada de lo que ocurría en aquella casa escapaba a su escrutinio, me apure a ocultar los libros cuando descubrí una pequeña puerta de caoba con unos extraños relieves, jamás la había visto aunque ya he usado ese escondite en otras ocasiones, al acercarme pude ver la cerradura, tenía una llave de plata, intenté abrir pero no fue posible, aunque podía jurar que se escuchaban voces tras la puerta, se mezclaban con los llantos de una pequeña llamando a su madre, y por más que pegaba oreja no podía entender lo que decían, en eso oí los pasos del abuelo acercarse a mi habitación, quedé paralizada, ya no tuve tiempo de acomodar el espejo, cuando entró se quedó pálido al ver la puerta y sé que también escuchó las voces. "¿Qué hay tras esa puerta abuelo?" Grité, ya con mucho miedo. "Cállate y no preguntes, si no te pasará lo mismo que a mis otras nietas que se portaban mal".

Ese fue el último día que pasé en aquella casa, el abuelo me sacó a empujones de la habitación mientras me amenazaba con su bastón, cerrando tras de sí la puerta con llave y gritando que hacía todo por mi bien, para que nada me pasara. Esa misma noche decidió enviarme a un internado en España, en el que pasé diez años y ni uno solo de esos días las pesadillas me abandonaron, las voces se escuchaban más claras que cuando estaba en la vieja casa y los rostros en el espejo tenían cierto parecido con la abuela y con mi madre. Hoy por fin salgo de mi prisión, el abuelo murió hace un mes y yo regreso a mi país a descubrir qué hay tras la puerta de caoba.

INVIERNO

Para mí este año inició de manera sensacional, con la presentación de una antología en la que se incluían 5 de mis poemas, además de que habían elegido dos de mis cuentos para otro proyecto, estaba feliz, imaginando todos los escritos que iba a crear, llevaba tantos años trabajando por este sueño, que pronosticaba que sería un año increíble, pero el domingo 30 de enero todo cambió, tenía que salir a hacer unas compras cerca de la casa, así que me llevé a los niños, cuando veníamos de regreso, en la acera de enfrente estaba un hombre delgado de baja estatura, usaba una cazadora color beige y lo acompañaba una mujer de complexión robusta y llevaba unas niñas pequeñas, su actitud era de hacerse notar a como diera lugar, el hombre se adelantó y se detuvo en la esquina donde está mi casa, esperó que yo entrara y luego subió por mi calle sin quitar la vista de mi domicilio; a partir de ese día noté que al salir de la oficina en que trabajo y sobre todo si regresaba sola, un hombre o una mujer aparecían en mi camino, siempre hacían lo posible porque los viera y también empezaron a vigilar mi domicilio, apenas abría la puerta, y alguien siempre estaba ahí en esa calle antes solitaria, primero pensé que era mi imaginación, pero desafortunadamente con el paso de los días, pude comprobar que no era así, hasta la fecha desconozco sus intenciones, pero su presencia hace más largo el invierno.

Ooch y Tsáab

ADRIANNA ISCELA FLORES MONTEJANO

—¿Qué es lo que te trae por aquí?— interrogó Tsáab con asombro, pues nunca un marsupial se hubiera atrevido a cruzar camino con ella en plena labor de cacería; mucho menos a mirarla fijamente a los ojos. No tenía intenciones de dedicarle demasiado tiempo, pero la extrema humedad de la noche favorecía la comunicación entre dos seres que se apoyan del sentido del olfato.

—Busco a mi depredador. Quiero conocerlo.

La seguridad en la mirada de Ooch resplandeció como un par de luceros fogosos, y se descargó con estrépito a lo largo del escamoso cuerpo de Tsáab, como un retortijón que comenzó en la cabeza, tambaleó su torso y culminó con un ligero cascabeleo, acompañado de una risilla nerviosa que trató de disimular para mantener su feroz compostura.

—¿Qué acaso no eres un mamífero? ¿No te explicó tu madre cómo identificar a tus depredadores cuando eras una cría?

—Crecí en cautiverio. No recuerdo ni a mi madre.

—Seguro tu familia fue víctima de otro típico caso de atropellamiento. Algún ser humano, no menos sucio que el responsable de tu desgracia, pero quizás más compasivo, te debió haber hallado a orillas de la carretera, a ti y a tus hermanos; muertos, vivos o quizás delirantes, todos aferrados al cadáver de su madre.

Tsáab asomó la lengua y se estremeció al no identificar cambios de temperatura, lo cual fue una señal del talante indiferente de Ooch. Usualmente, los mamíferos se acongojan, algunos incluso huyen desconsolados, al recordarles sus pérdidas. Quizás ese espécimen no era normal, o quizás no era de fiar. Tsáab se enroscó poco a poco y preparó su extremidad para ser meneada en son de advertencia en cuanto fuera requerido.

—Probablemente así sucedió, pero tampoco recuerdo cómo fue que llegué a esa guarida humana. Sólo sé que nunca me sentí cómodo. Por eso escapé de ella.

La curiosidad de una víbora pocas veces supera su instinto de ataque; pero la impertinencia de Ooch fue una tentadora excusa para bajar la guardia. No todas las noches se escuchan testimonios sobre el mundo humano, mucho menos de parte de creaturas criadas en cautiverio que hayan retornado a la vida silvestre, y que sobrevivieran el tiempo suficiente para contarlo.

—¿Tan mal te trataron? ¿A ti, que eres suave y peluda? Juraría que las zarigüeyas provocan en el wíinik el mismo efecto entorpecedor que los felinos domésticos.

—No estoy segura de haber recibido un maltrato, pero eso es precisamente lo que me atormentó. Me sentía acorralada, en constantes dilemas.

Ooch recordó que Tsáab no comprendería sus palabras, como siempre le sucedía con otros privilegiados seres silvestres que conoció conforme se fue alejando de la carretera. Entonces, detalló sus vivencias.

—Por dilema me refiero a que nunca supe si debía atacar, huir o simplemente relajarme y acondicionarme a una vida incierta. Es verdad que me dieron de comer y de beber, pero me parecía sospechoso no tener que luchar por mantenerme vivo. Lo más inquietante fue que seguido busqué huecos o cavidades para usarlos como escondite, que los humanos entendieron que buscaba refugio, ¡y me construyeron una madriguera, a pesar de que trataba ocultarme de ellos!

—Vaya mascota tan desagradecida…

—¿A quién llamas mascota? ¿Crees que me puedes insultar sólo porque no crecí entre las hierbas, como tú?

—No es que desee abandonar la vida silvestre, pero suena interesante vivir en cautiverio. En ocasiones desearía que la comida no fuera tan escasa, o tan escurridiza.

—¿Así que tú eres un depredador?

—Creí que nunca lo notarías.

—No lo noté, tú me lo has revelado. Te he dicho que no supe descifrar si esos seres humanos querían devorarme… Ni siquiera sé cómo reaccionaré el día en que enfrente a mi depredador.

Tsáab se intrigó por conocer más sobre Ooch, pero con el estómago vacío, su impulso asesino permanecía atento. Entonces, procedió a indagar de una forma acechante y provocadora que satisficiera su ansia de agresión.

—Si sabes que soy un depredador, ¿cómo estás tan seguro de que no soy el tuyo?

—Tus dimensiones no me intimidan, y he visto cómo te mueves desde que saliste de entre los chintok de por allá, por el poniente. Supongo que te alimentas de presas lentas, como roedores sencillos.

El apetito de Tsáab, que ya había abandonado el plano terrenal desde hacía rato, escaló de la curiosidad a una urgencia de imposición de poder.

—¿De qué estás hablando? Mira mis colmillos... ¿No es evidente que podría desangrarte con ellos?

—Pues, los del jaguar eran mucho más grandes, y ni siquiera él me intimidó.

La sangre de Tsáab se entibió y fluyó aceleradamente, vertebra por vertebra, en sentido ascendente y descendente. Sin saberlo, su cuerpo hacía un intento desesperado por recuperar la autoconfianza que poco a poco perdía su cerebro reptiliano. Ooch reconoció la sensación de Tsáab, pues constantemente la atestiguó entre los humanos.

—Mira mi cuerpo. Podría enroscarme con fuerza alrededor de tu cuello y estrangularte. — Tsáab titubeó, consciente de que sería en vano intentar aproximarse a un ágil mamífero que no se encontrara desprevenido.

—Podría ser, si no fuera tan flexible y veloz. Eso lo aprendí gracias a la lechuza que me persiguió hace unas noches. A pesar de que podía prevenir mis movimientos desde lo alto, y aprisionarme con precisión usando sus garras, ni siquiera ella logró capturarme. De hecho, me pareció algo soso, pues sólo lo intentó una vez. Después de fallar, se posó en la rama de un chaká y me buscó con la mirada por un largo rato. Lo sé porque retrocedí la mirada en varias ocasiones, mientras yo me seguía dando a la fuga. ¡Fue demasiado fácil burlar a la más sabia de las aves! No sé qué es lo que esperaba de mí. ¿Acaso creía que me quedaría inmóvil enfrente de ella? ¿Haciendo qué? ¿Fingiendo mi muerte?

Las carcajadas de Ooch fueron desconcertantes, pero más lo fue el hecho de que una zarigüeya ignorara sus propios atributos. Si no conocía de la tanatosis, quizás desconocería sobre su inmunidad al veneno de cascabel. La serpiente podría aprovecharse de ello para por fin intimidarla. Tsáab permitió que las risas cesaran con naturalidad, encorvó la sonrisa con malicia y se erigió hasta cruzar la mirada directamente con la de su recién designado antagonista.

—Quizás no te lo esperabas, pero yo soy venenosa.

—Por supuesto que lo sé, tengo amigos anfibios que también lo son y que me advirtieron de especies como la tuya. De hecho, ellos me dan mucho más miedo que tú, pues tienen mayor posibilidad de intoxicarme. No son tan prepotentes como tú, por lo cual se ganaron mi confianza. Cuando menos me lo espere, podrían traicionarme.

Amistad y traición no son conceptos que suelan oírse en la vida silvestre, mucho menos entre los reptiles. Tsáab frunció la mirada, a punto de perder los estribos.

—¿Te preocupan los anfibios, y no te intimida mi veneno?

—Para envenenarme, tú tendrías que morderme. Es algo que esperaría de ti porque no te conozco, así que no estoy desprevenida. Me daré a la fuga en cuanto sea necesario y, de todos modos, no creo que seas mi depredador.

—¡Eres demasiado frustrante!

El ademán con que Tsáab reaccionó fue completamente nuevo para ella. Inclinó hacia abajo la cabeza y llevó su cascabel a la frente, como lo haría un primate. Tsáab no lo aprendió por observación, sino que fue algo completamente espontáneo. Respiró hondo, y continuó hablando.

—Nunca creí que diría esto, porque es antinatural, pero te diré lo que en su momento debió haberte explicado tu madre. ¡Ese jaguar fue tu depredador, ese búho fue tu depredador, y el humano que te capturó también fue tu depredador!

—Lo sospeché—reveló Ooch con un suspiro de alivio— pero nunca estuve seguro.

—¡Y acabas de ganarte a tu primer depredador!

Tsáab se dejó llevar por el sentimiento latente de todo ser vivo que se ha aventurado a probar el raciocinio y que, por temor a perder su lugar seguro en el ciclo de la vida, se comienza a comparar con otras especies. Su desobediencia repentina a la lógica natural la hizo abalanzarse sobre la única amenaza que la asedió esa húmeda noche; al detonante de su orgullo.

Fue la primera vez que Ooch no se dio a la fuga, la primera vez que experimentó el dolor, y la primera vez en reaccionar con su instinto natural. Tsáab, tras el pasmoso episodio, se apartó poco a poco del cuerpo inmóvil de la zarigüeya. La contempló unos instantes; lo que demoró en relajarse y recordar su apetito. Su último pensamiento fue que, para su propio bien, debía retirarse a buscar alimento, y que lo más bondadoso para Ooch sería abandonarla, desearle pronta reincorporación al ciclo, y dejar su destino en las manos de Yum Kaax.

Una lágrima rodó por la mejilla de Ooch, quien a sus adentros se interrogaba con fascinación: "¿pueden las zarigüeyas llorar cuando han fallecido?"

La Salamandra Negra

EMILIA G. ITURBIDE

El escenario varía, aunque la situación es siempre la misma. A veces ocurre en el amplio comedor de la casa de mi infancia, demasiado grande para una familia rápidamente decreciente; otras veces me encuentro en una jungla oscura y desconocida con grandes árboles de hojas moradas; tal vez en la sala de mi casa, solamente que sin muebles. En cualquier caso, sucede que la salamandra negra me mira fijamente por varios segundos y procede a apuntarme con un largo y viscoso dedo, justo cuando entorna sus ojos sin pupila y abre la boca para hablar, despierto sobresaltada, sin aire y sudando.

Salió del consultorio cabizbaja, aguantando con todas sus fuerzas las lágrimas, el terapeuta había comprendido en lo absoluto los motivos de su visita. Ella captó la mirada de lástima que le lanzó la recepcionista y, aunque agradeció la simpatía, no mejoró su ánimo. Se apresuró a pagar la consulta sin siquiera esperar el cambio, todo con tal de no estar más ahí.

Caminó hacia la esquina llorando en silencio y dobló a la derecha, unos metros más tarde se frenó frente a la librería sin ánimo de revisar los volúmenes recientes, sino para admirar su reflejo y asegurarse que, ya que se veía tan hinchada, roja por el llanto y con el rímel corrido, por lo menos estaba bien peinada.

Sin embargo, la promesa no provino de su pobre físico sino de lo que apareció detrás de éste. Volteó rápidamente esperando encontrarse con una sombra negra, pero en cuestión de segundos había desaparecido. Comenzó a dudar de su cordura, pero se rehusó a hacer una escena en tan concurrida avenida, no quiso añadir más locura a su ya mermada imagen.

Continuó su camino respirando profundamente: una técnica que le enseñó su terapeuta para evitar colapsar por la ansiedad.

Siguió caminando a paso lento, al menos tan lento y tranquilo como podía permitirle el estado de agitación en el que estaba. Pasó la florería sin siquiera voltear para saludar a la vendedora, cosa poco característica de su persona. Pasó la panadería sin percatarse del olor a pan recién hecho, con la prisa de llegar lo más rápido posible.

Alcanzó la puerta del edificio, por suerte la pareja vecina estaba saliendo con grandes bolsas para la compra, así que se apresuró a alcanzar el portón abierto. Ellos comenzaron a platicarle con toda la intención de perder un poco el tiempo, pero ella contestó a sus amables preguntas acerca de su bienestar y su vida con respuestas ciertas y evasivas. Entonces ellos, contrariados por el repentino cambio de personalidad de su siempre sonriente vecina, captaron la indirecta y dejaron de atosigarla.

Entró al edificio y aún sentía la presencia de la sombra persiguiéndola, cada vez más próxima, cada vez más amenazante. Los ejercicios de respiración dejaron de traerle la tranquilidad prometida por el terapeuta, comenzó a entrar en pánico, su lugar seguro estaba cada vez más cerca y aun así tan lejos. Llegó a las escaleras intentando mantener la calma para no desplomarse, en donde seguramente la encontrarían más tarde los vecinos recién salidos. Comenzó a ascender.

Dos escalones y la sombra crecía detrás de ella, tres y le respiraba en la nuca, cuatro y alargaba sus viscosos dedos en su dirección, cinco y por fin llegó a su piso. Corrió hacia la puerta de su departamento, localizó la llave de la entrada, la metió en el picaporte y la abrió lo más rápido que sus temblorosas manos se lo permitieron. Entró y cerró salvajemente tras ella, se escurrió hasta el piso y aún recargada en la puerta comenzó a llorar desesperadamente, pero en silencio por largo rato.

Así, sentada en posición fetal, estuvo a punto de quedarse dormida, pero se espabiló de golpe sabiendo que la sombra no podría entrar en su casa a menos que ella se durmiera, porque entonces sus sueños serían la bienvenida perfecta para la salamandra negra.

Lo Conocí cuando Tenía 6 años

LORENA STRASSBURGER GAYOL

La pelirroja sin pecas y de coletas disparejas llegó agitada, quería contarle a su hermana del cumpleaños de su amiguita. Estas hermanas con solo cuatro años de diferencia convivían muy poco, nunca se acompañaban, jamás jugaban juntas, los únicos momentos que departían era por las noches en su recamara, antes de dormir. Pocos saben la alegría que está niña vivía en esos instantes, ella estaba segura de que a esa hora el cielo se llenaba de colores, pues era en ese fragmento de tiempo que no se sentía rechazada por su hermana. Se dirigió a la habitación que compartían, quería platicarle que después de dos meses por fin Lulu tenía seis años y ya la había alcanzado. Pero la criatura no estaba preparada para lo que vería tras la rosada puerta de ese sitio, que para ella era como un templo con dos camas individuales, y dos repisas llenas de muñecas y juguetes, pero esta vez el santuario se hallaba diferente, era muy muy frío y descubrió que ahora solo tenía una cama, la suya, y una de las repisas estaba vacía, la de su hermana, su felicidad cambió súbitamente pintándose de confusión.

Con pesados y eternos pasos, se dirigió a la habitación de sus padres y cuando finalmente llegó, les externó cómo encontró su pieza, fue entonces que su progenitora con voz pausada y acariciando suavemente un mechón de su roja cabellera le dijo:

—Tu hermana decidió "mudarse" al cuarto de huéspedes.

Eso fue todo, no hubo más explicaciones.

Esa noche, la pequeña estuvo apagada, mientras su nana la bañaba no le pidió que cantaran las melodías que le había enseñado de su pueblo y que la niña había aprendido con mucho más empeño que las tablas de multiplicar, en esta ocasión no usó el cepillo de micrófono ni se divirtió reventando burbujas, a la hora de cenar tampoco se entretuvo con el sándwich en forma de platillo volador al que siempre levantaba imaginando que despegaba, además, esta vez le supo insípido, dos mordidas y lo dejó, la nana pensó que había comido muchos dulces en la fiesta, así que no insistió y llevó a la descolorida niña a su ahora desierta habitación, la arropó y salió. La angustiada pequeña seguía sin entender por qué su hermana se fue, ¿Era su culpa?, ¿Había hecho algo malo? Trató de dormir, pero la confusión no la dejaba.

Fue en ese momento que él apareció, era pequeño, color negro, flotaba a unos centímetros del piso, no tenía ojos, pero ella sentía que la miraba fijamente, entre la casi oscura habitación distinguió su boca, con unos dientes afilados color amarillo que sonrieron burlonamente para después salir atravesando la puerta. Así fue como lo conoció.

Ha pasado algún tiempo, la niña sin pecas se acostumbró a dormir sola, se habituó al rechazo de su consanguínea.

Eran vacaciones de verano, la familia: papá, mamá, hermana y pelirroja viajaron a París. Primera vez que cruzaban el charco. El papá era un hombre muy bueno e inteligente, era un destacado ingeniero civil, y en este viaje estaba cumpliendo el sueño que tuvo durante mucho tiempo: llevar a sus mujercitas a ese continente, sabía que estaba en una carrera contra reloj, el cáncer lo tenía con el tiempo contado, y si no lo hacían en ese momento, en un futuro ya no podría ir con ellas.

Los primeros días fueron a lugares emblemáticos, la torre, el museo, restaurantes gourmets; pero al tercero, la pequeña cruzando los brazos dijo enérgicamente:

—Aquí todos hacen lo que quieren menos yo.

—¿Y qué quieres hacer cariño? Preguntó con mucha curiosidad su madre.

— Quiero ir a McDonald's —respondió.

Los progenitores intercambiaron miradas complacientes y el padre sonriendo dijo:

—Tienes razón mi niña, ¿y qué crees? ayer pasamos por uno al lado de *Montsouris*, el parque que te platiqué construyó Napoleón, podemos ir allá por tu hamburguesa y la comes en los jardines. ¿De acuerdo?

Y así lo hicieron.

En el impresionante vergel parisino la niña compartió de sus *french fries* a las palomas y además estuvo corriendo y danzando con ellas, y cosa rarísima la hermana le dirigió la palabra para pedirle papas pues también quería alimentar a las aves.

Sus padres tomados de la mano veían cariñosamente a sus chiquillas.

Pero repentinamente, el hombre cual bebé, comenzó a sollozar y le dijo a su bella esposa:

—No me quiero ir, no las quiero dejar solas.

Y los esposos se fundieron en un abrazo tratando de darse fuerza. Las niñas ajenas a ese momento seguían dando de comer a las palomitas.

Al oscurecer regresaron al hotel, la pequeña estaba rendida pues había corrido mucho, le pidió a su mamá dormir con ellos, esta accedió poniéndole una pijama blanca, fresca y suave.

Dormía profundamente cuando sobresaltada despertó, después de cuatro años, lo vio por segunda ocasión, sin embargo, era más alto, sus dientes más amarillos, más afilados, ahora tenía dos diminutos y brillantes círculos rojos. La risa punzante la puso en alerta, la cosa negra señaló al lado derecho de la habitación. Ella se retiró de la frente el tembloroso cabello rojo que le estorbaba, y vio como dos hombres estaban subiendo a su padre en una camilla. Él hizo otra señal a la niña para que bajara la mirada, entonces ella gritó al ver su ropa de dormir cubierta de sangre, el padre había estado vomitado en la cama, ya no tenía condición para ir al baño, los camilleros comentaban que seguramente se le había reventado la úlcera, y pues al estar en el mismo lecho la criatura salió salpicada. ¿Sería ese liquido el último regalo de su padre? ¿El último recuerdo?

Nuevamente dirigió su mirada hacia la camilla, entonces el padre se levantó, se acercó a la pequeña y la beso en la frente, ese beso le cubrió el rostro, los poros, las venas con flores blancas que también penetraron en las fibras de la ropa haciendo desaparecer la sangre; enseguida el progenitor corrió por el silencioso pasillo del hotel para alcanzar a los dos hombres, subió a la camilla y se fue para siempre.

Pasaron algunos meses del entierro de papá, sus primas mayores para distraerla la invitaron a ver una función de cine, a ellas les gustaban las películas de terror, así que fueron a ver "El triángulo de las Bermudas", ni siquiera repararon que la niña no estaba en edad de verla, y ella con tal de estar con las primas grandes no dijo nada, la película era sobre una niña que está en un crucero con su familia, cuando divisan en el mar a una muñeca que "curiosamente" vestía la misa ropa que la protagonista quien pide ayuda a un empleado para sacarla del agua, y bueno, el resto de la película la muñeca cobra vida y se convierte en una asesina. Realmente es un film malísimo, todo un churro gringo, pero la pelirroja con sus 10 años a cuestas quedó horrorizada, por lo que al llegar a casa y ver en la repisa a sus queridas muñecas, muchas de porcelana, con sus caritas tan reales, se sugestionó y ahora las veía con caras malévolas, en ese momento escucho por tercera ocasión esa risa, ahí estaba él, camuflajeado entre las muñecas, la pequeña se quedó congelada un tiempo, para después llamar a la nana y pedirle que se las llevara a su pueblo, que le regalaba todas, la nana no sabía por qué, y mejor no preguntó, el día de su salida se las llevaría a sus hermanitas, que estarían encantadas con el obsequio, sin imaginar que esa noche en un habitación con una sola cama y dos repisas vacías una pelirroja aterrada se la pasaría llorando.

Cruzaron un puñado de años, en los cuales la niña ya no jugaba, ni con la hermana ni con el padre, ni con muñecas,

Ahora no llevaba coletas disparejas, usaba el cabello suelto a los hombros la pelirroja se había transformado en una atractiva y exitosa mujer, que si bien ha tenido algunas/ varias parejas y dijo muchos "Te amo", actualmente vive sola, es independiente, y no le interesa que nadie entre en su corazón.

Lo siguiente sucedió una noche de luna llena cuando estaba en la terraza de su casa recostada en una pintoresca hamaca de seda, bebiendo una copa de vino del color de su alborotado cabello, fue entonces que pensó en aquel amante que tuvo y que cariñosamente llamaba HP pues esas eran las iniciales de su nombre, pero él muchas veces jugando comentaba:

— ¿Me dices HP porque soy un hijo de puta verdad?

Mientras ella pícaramente asentía, ambos se carcajeaban, también reían cuando él la retaba:

—Viniste fallada, todas las pelirrojas tienen pecas, seguramente tu carencia de ellas es un defecto genético.

En efecto la pasaban muy bien juntos, ideando y haciendo cosas simples, aunque un poco chifladas y atrevidas para muchos otros; como nadar desnudos en el mar, viajar por carretera sin tener planeado el destino, estar horas tirados en la arena fumando un porro y viendo las estrellas. También les gustaba buscar arboles extraños y abrazarlos. ¿Acaso HP había sido el amor de su vida?

Pero sin más, después de ocho años, la relación acabó. Horas antes de eso, ella había estado pensado mucho en su padre, en sus muñecas y en su hermana y simplemente le dijo que era mejor terminar. Y no volvió a recordarlo hasta esa noche que se cuestionó por qué lo alejó, ¿Se quería proteger de algo? Y mientras se servía otra copa de vino junto a la hamaca, apareció la cosa negra, mucho más alto, con la sonrisa más amplia, no dejaba de reír con sus colmillos amarillos, y como ya era más grande su risa igual era más sonora, pero esta vez pasó algo inesperado, ella con sus blancos dientes le respondió con una gran carcajada ¿Por qué fue así en esta ocasión? Porque por fin supo quién era él, y desde luego es más fácil derrotar a quien conoces.

En ese momento la luna bajó a brindar con la pelirroja sin pecas, quien alzó su copa y dijo.

—Mi depredador se llama abandono.

Desalmado

MARÍA ARCELIA RODRÍGUEZ VARGAS

Mariana conoció a William en uno de sus viajes como activista de una Organización pro defensa de los pueblos y etnias originarias de la Tierra. Llegó a Australia, con una pequeña comitiva, a presentar un proyecto de desarrollo e intercambio entre los indígenas mexicanos y los aborígenes de aquel país. De inmediato se enamoró de la naturaleza de la isla.

William, un apuesto y seductor inglés, agregado cultural de la isla, la recibió de manera muy amable, le ofreció todo tipo de apoyo y en un mes, iniciaron un apasionado romance, que fue bien visto por sus compañeros de la misión. Estaban convencidos de que ese hombre era el caballero educado, culto y respetuoso que Mariana necesitaba en su vida.

Tres meses después, la misión terminó y todos emprendieron el vuelo a la ciudad de México. Mariana y William se despidieron con la promesa de reencontrarse pronto, él se veía muy enamorado y afectado por su partida, lloraba copiosamente.

William le había pedido a Mariana que se quedara a vivir con él en la isla, le prometió apoyarla para que adquiriera la ciudadanía australiana sin problemas, ya que conocía a muchas personas en el Parlamento, que no dudarían en aprobar su solicitud.

Ella no quiso tomar una decisión tan apresurada, llegó a México para entregar un informe de la misión a varios representantes de los pueblos indígenas de Chiapas. En plena selva Lacandona, empezó con un malestar estomacal que las curanderas atendieron en ese momento, después le dieron la noticia: estaba embarazada.

Aunque no lo había planeado, recibió con agrado el inesperado suceso, ya tenía 35 años y era un buen momento para ser madre. Regresó a la ciudad de México para comunicárselo a William, pero cuando llegó a su casa, se quedó muy sorprendida al verlo sentado en la sala, platicando con sus padres. No recordaba haberle dado su domicilio y tampoco le agradó mucho que la buscara a los quince días de su regreso. Él se puso de pie, le beso las dos manos y la abrazo amorosamente.

Ya está aquí —reflexionó— se lo diré cuando se vayan mis padres.

William lloró al recibir la noticia de que pronto sería padre, en sus matrimonios previos, no había tenido hijos, tenía 40 años y ya era el momento de iniciar una familia. Convenció a Mariana de emigrar a Australia, quien dudaba un poco de regresar, pero los argumentos que él le presentó la convencieron: una educación de primer mundo para su hijo, conseguirle la ciudadanía australiana de inmediato, rentar una casa cerca de alguna playa para esperar la llegada del bebé en paz y armonía con la naturaleza. Finalmente accedió, se imaginó a su pequeño hablando en perfecto inglés y español, conviviendo con niños de otros países, en escuelas de primer mundo y ella, como ciudadana australiana, podría continuar con su activismo.

Regresaron a Australia, William ya había rentado una casa de playa ubicada en el outback —zona más alejada y remota de los centros urbanos— a doce horas en automóvil de la comunidad más cercana. No tenía auto para trasladarse y aunque William, a veces se lo dejaba, tampoco tenía licencia para conducir, pues, con diferentes pretextos, él se negaba a firmar una solicitud oficial que le daría la anhelada ciudadanía. Faltaba un mes para que naciera su hija, se casaron para hacer válido el seguro médico durante el inminente parto, pero la firma de la solicitud migratoria nunca llegó. A pesar de ser esposa ya, de un ciudadano australiano, no consiguió, de manera automática, ser reconocida como ciudadana australiana.

Nació su hija, William se veía feliz, le prometió que ahora sí, con una hija australiana, firmaría la solicitud, pero no lo hizo. Cuando la bebé tenía tres meses de nacida, Mariana le recordó la promesa incumplida, pero sólo obtuvo como respuesta, indiferencia y un muro de silencio durante semanas. Él se iba muy temprano y regresaba entrada la noche, completamente ebrio o drogado.

Alejada de su familia, aislada por completo de cualquier contacto humano, con un bebé pequeño, sin dinero, ni forma de salir del bush —término inglés para designar a un área natural sin desarrollar— pronto cursó con una fuerte depresión. Lloraba con frecuencia, la primera vez que quiso hablar con William sobre su aislamiento y soledad, éste le respondió con una fuerte golpiza que la dejó bañada en sangre, las tundas se repitieron cada vez con más saña, sin importar que estuviera amamantando a la pequeña. Mariana le tenía pánico, estaba en un país que no conocía, sin el apoyo real de ninguna persona en la cual confiar o con quien hablar, temía por su vida y la de su bebé.

Pensó que casándose con un extranjero del "Primer Mundo" su hijo tendría mejores oportunidades de educación que en México. La realidad de su nueva vida la ubicó en un mundo oscuro que nunca imaginó, estaba atrapada por un hombre muy perverso, manipulador y abusivo, no tenía escapatoria. Sabía que debía huir con su hija, pero no tenía recursos ni apoyo legal para hacerlo. Solicitó apoyo del consulado mexicano, a través de internet, lo denunció, quería proteger a su pequeña, pero ahí le informaron que no podían intervenir por tratarse de una niña australiana. Después acudió con un juez para ver si podía divorciarse y llevarse a su hija con ella a su país de origen. El juez le informó que no, que el padre debía autorizar su salida.

Una noche, sin darle ninguna explicación, William le dijo a Mariana que se irían a vivir a Irlanda, al castillo de su madre, una mujer perteneciente a la nobleza escocesa. Así fue como se enteró de que se había casado con un noble millonario, adicto a las drogas, golpeador y avaro, que ni le permitía salir con la niña. Al menos, ahora no estoy alejada de la civilización —pensó cuando llegó al palacio familiar.

Su suegra resultó más controladora que William, vigilaba todos sus movimientos y llamadas, le recriminaba sus pláticas con la servidumbre y, además, se encargaba, personalmente, de llevar a la niña al jardín de niños. Mariana sentía que cada vez que se acercaba a ella, ésta le robaba un pedazo de su alma. Tenía ataques de pánico, estaba muy confundida, no podía concentrarse en encontrar una salida a su situación, hasta que un día, el jardinero, al verla tan devastada, le aconsejó que denunciara a William porque había hecho lo mismo con sus anteriores esposas, sólo que dos de ellas se suicidaron.

"Dos", pensó Mariana. "¿Pues cuántas esposas ha tenido?"

—¡Son unos vampiros, señora, no se deje, luche por su hijita, regrese a su país, denuncie al señor, váyase de aquí o las van a destruir por completo! —expresó el hombre.

Al día siguiente, Mariana denunció el maltrato y solicitó el divorcio, pero William se enteró de sus pesquisas y de que ella demandaba pensión para la niña, entonces alertó a Migración para que no pudiera sacarla del país.

Estaba desesperada, no dormía ni comía bien, pero pronto encontró la ayuda esperada. Junto al palacete, vivía una familia que conocía muy bien las artimañas de William y su madre. Cierto día, la abordó una señora que parecía ser la dueña de la casa vecina. Le dijo que estaba muy enferma y que si quería trabajar para ella como cuidadora. Le ofreció una buena paga, horario completo para estar lejos de su familia política y llevar a su niña con ella. Le prometió que hablaría con su suegra para convencerla de que saliera del castillo.

Mariana empezó a recuperarse y a ahorrar dinero para su pasaje y el de su hija, pero las leyes australianas le impedían sacar a una ciudadana australiana de su patria, sin el consentimiento del padre. Esa restricción terminaría hasta los 25 años de edad.

El divorcio se complicó con la alerta migratoria y porque ella solicitaba la pensión correspondiente, pero, un buen día, su abogada le aconsejó que retirara la petición de pensión para repatriarse y llevarse a la pequeña. William aceptó y Mariana pudo volver a México.

Se refugió en un barrio de Iztapalapa, por consejo de sus compañeros activistas, encontró un buen trabajo, su hija iba a una escuela pública, asistía a terapia y, poco a poco fue perdiendo el miedo.

Tres años después, recibió una llamada de la embajada australiana para notificarle que William visitaría a su hija al otro día y que reclamaba su custodia, amparado en la Convención de la Haya sobre los Aspectos Civiles de la Sustracción Internacional de Menores y la Convención Interamericana sobre Restitución Internacional de Menores.

Mariana acudió a todas las instancias legales mexicanas para impedir la revinculación de la niña con su violento padre, demostró con pruebas y fotografías, las denuncias hechas en Irlanda, por los golpes, el aislamiento y el maltrato del que fueron víctimas.

Fue inútil, la respuesta siempre fue la misma: es una niña australiana y México no puede intervenir en esos casos. De continuar negándose al reencuentro entre padre e hija, sería acusada de ser una mala madre y podría ir a la cárcel.

Lentilla

CHARO ORDÓÑEZ

La lluvia de la tarde había refrescado el bosque. En su seno la pista de corredores permanecía vacía. Entre las ramas se libraba una batalla de aleteos, las aves buscaban acomodo nocturno. Girones de neblina rozaban la punta de los árboles en lenta danza. El chirrido metálico de insectos acompañaba las últimas horas de luz.

La mujer parada en la calzada se ajustó la cazadora. Llevaba rato esperando y estaba nerviosa. Por su nuca resbalaban gotas de sudor. No era buena manejando su ansiedad. Su mente traicionera le presentaba escenarios desalentadores y dolorosos. A pesar de todo, se mantenía a la espera del conocido hollar de suelas deportivas. Ella se había impuesto esta fecha como plazo y lo haría, por fin se presentaría. No iba a cambiarla porque no volvería a reunir el valor de hacerlo después. Incluso trabajó una larga lista de frases para iniciar la conversación, pero a causa de los nervios la había olvidado. ¡Ahora temía verse ridícula!

Sentirse tan expuesta y vulnerable, le traía malos recuerdos. La ocasión anterior que se enamoró, todo fue un desastre. Eran incompatibles desde el comienzo y lo sabía, sin embargo, el éxtasis del enamoramiento es la venda más oscura, y a veces la más pesada. Consuelo detestaba viajar y para Alma, como fotógrafa de la vida silvestre, era imprescindible. Eso catapultó el fin. Chelo no perdonó sus ausencias y las usó muy bien. Cuando fue obvio el profundo distanciamiento, Alma aún quiso creer que podrían salvar la relación aceptando todo lo que le pedía. Consuelo la manipuló a capricho y Alma se tornó profundamente desconfiada y rencorosa. Vigilaba todos sus gestos temiendo una infidelidad y el abandono. Sabía que ya no había amor, pero no podía aceptarlo. Un día al volver, encontró un departamento vacío y una nota con palabras duras e hirientes como despedida. Fue cruel, pero Alma lo agradeció. No hubiera sido capaz de terminar por ella misma.

Quebrada y débil, aceptó todos los trabajos que la alejaran de los sitios comunes. Se especializó en aves raras y se aisló pretextando su labor. Trabajó y anestesió su alma.

Y el tiempo avanzó. A su edad ya no esperaba nada del amor ni lo buscaba. No estaba preparada para el día que aquella corredora trotó dentro de su rango de encuadre. Ni siquiera recordaba el momento. No obstante, algo sucedió cuando miró su imagen recién revelada. Con ambos pies en el aíre, la atleta parecía sostenida por los últimos rayos de sol. La miraba embelesada mientras su vientre bullía. Le restó importancia y continuó con su labor. Tomó el siguiente trabajo acompañada de la foto de la desconocida

Se inventó que era una señal para cambiar su especialización y empezó a retratar a otros corredores. Colocó aquella foto como principal referencia e inspiración. Con el tiempo, fue natural regresar al sitio del primer encuentro. Aceptó con sencillez su deseo de verla de nuevo. No era su intención abordarla, no podría hacerlo. Quería tener al menos un poco de ella en archivos de papel.

Y apareció. Un día la volvió a tener en el centro de su obturador. En contra de su timidez y apocamiento, convirtió cada encuentro en un estudio de luz y sombra de su cuerpo. Jugó con su silueta sobre sepias y grises utilizando todas las técnicas y filtros. Cada efecto la engrandecía, la enmarcaba. Conocía al dedillo el cincelado de sus curvas y la belleza ordinaria de su cara. Memorizó la longitud de sus zancadas y el abultamiento brioso de sus piernas. Construyó fantasías con la torre de su cuello, el ébano de su melena y la expresión ceñuda en su cara. ¡Siempre distraída y lejana! ¡Cuánto anhelaba conocer sus pensamientos y confirmar la coincidencia de sus almas! Se permitió tener esperanza y la ilusión volcó en preparativos. Ahora había ropa nueva en su closet y las paredes estaban repintadas.

Y a pesar de todo no lograba vencer su torpeza anquilosada. Se resguardada detrás de su lentilla; odiándose y amándola. Ambicionaba escuchar su voz, conocer su nombre y sostener por una vez su mirada. ¡Es ella!, le gritaba su cuerpo y su alma. Cada día se convencía más, pero la veía marcharse petrificada. Ávida de ella y al mismo tiempo pletórica de su presencia. Exultante de la intuición de su ser. La corredora no la miraba. No hubo ni un gesto que insinuara que también la percibía y eso la mermaba.

Unas fuertes pisadas quebraron el silencio. La vio avanzar con ritmo constante emergiendo de la neblina que ya tocaba la calzada. Venía de frente a ella y el corazón se le desbocó. ¡Por primera vez era evidente que la miraba! Se sobresaltó y sus manos sudaban. Sentía calor irradiando desde la base de su cuello. Su primer impulso fue huir antes de que la alcanzara. ¿Por qué iba hacia ella? ¿le preguntaría algo? ¿la saludaría? ¿le pediría que se quitara? Logró moverse para salir de su camino, pero la atleta reajustaba su ruta para alcanzarla. En un gesto defensivo levantó la cámara y la miró a través de la lentilla. Una nueva idea pasó por su cabeza: quizá la creyera una hostigadora y vendría a reclamarle, ¿y qué le diría? ¿Me he enamorado de ti? ¿Cómo se puede amar a una desconocida? Se le secó la boca y un miedo mayor se abrió paso. ¿Y si no lograba explicar?, ¿y si la ahuyentaba? ¿y si la perdía sin haberla tenido? Cerró los ojos con fuerza, desesperada. Escuchaba ya su acompasado jadeo y las fuertes zancadas finales. Se obligó a abrir los ojos. ¡Ahí estaba, sudorosa y sensual! Bajó la cámara despacio quedándose desnuda y vulnerable ante ella. Por primera vez escuchaba su voz vibrante.

—¿Piensas hablarme?

Azotó la portezuela. El frio húmedo calaba su atuendo deportivo y hacía que la piel se le erizara. Era más tarde que de costumbre, la lluvia vespertina la había retrasado. Aspiró profundo. El olor a hierba mojada se coló hasta la garganta. Sentía un incómodo nudo en el estómago. Estaba enojada y no quería calmarse. Comenzó a calentar estirando sus entrenados músculos y no tardó en iniciar la carrera. Las primeras zancadas agitaron su respiración. Experta, controló el circuito de su aliento. Amaba todo aquello. Imaginaba el olor del bosque penetrando su piel y limpiándola. El canto de cientos de insectos acompañaba sus pasos. Se sentía ligera.

En contraste, su mente bullía. No recordaba en qué momento esa fotógrafa se presentó en la pista. No le interesó hasta una tarde en la que se quedó sin batería y tuvo que prescindir de los audífonos. Fue entonces que el sonido del obturador llamó su atención. Al principio pensó que había malogrado las fotos y se apenó. Murmuró una sofocada disculpa alejándose. Sin embargo, empezó a encontrarla en diferentes zonas de la pista, y a estas alturas ya era obvio que levantaba su cámara en cuanto aparecía.

Aun así, trató de restarle importancia. "¡Es una mujer, por dios! ¡Malo que fuera un hombre!" Esa frase acudió a su mente demasiadas veces. Cuando abrió el tema en su círculo cercano, no le sorprendió que sus amigas minimizaran la situación haciendo eco a su propia vacilación. "¿Estás segura amiga?, capaz que ni siquiera va por ti." Mariana la miraba desdeñosa. "¡Quizá sean imaginaciones tuyas! ¡Hay cientos de fotógrafos amateurs que van a ese bosque! ¡Tranquila!" Ella también quería creerlo.

Los muslos le ardían. Aceleró escuchando el rumor del viento en los árboles. Pisó un charco que salpicó su pantorrilla. Albergó la esperanza de que terminara rápido. Que desapareciera, pero su presencia aumentó. "¿Cómo?, ¿sigue yendo? Pues eso ya está rarito. ¿No la estarás provocando?" La ironía de Mariana le molestó "¡Qué romántico! ¡capaz que está enamorada de ti!" La voz emocionada de Zoé no la consoló. "Oye, ¿pero no se ve rara?, o sea, como que quiere hacerte daño. ¡Ya sabes!, como agresiva…" ¿Y cómo debía ser eso, con puñal en mano? Su inquietud no encontraba eco en sus amigas y temía no estar siendo sensata. Cuando estaba lejos no le parecía tan grave la situación, pero le molestaba. ¡No estaba loca y no estaba exagerando! Entre puyas y comentarios mordaces, alguien le preguntó cómo era aquella mujer. Azorada descubrió que no la había mirado de frente. Se sentía tan turbada que esquivaba su mirada tratando de ignorarla. Incluso había tratado de evitarla atravesando por senderos alternos entre los árboles; lastimosamente los chaparrones continuos los convertían en lodazales imposibles. La gota final llegó cuando consideró seriamente la posibilidad de cambiar de pista. ¡Su pista!

Empezaba a oscurecer. Tenía las mejillas entumecidas y rojas por el frio. No tenía idea dónde la encontraría hoy, pero la abordaría. Se consideraba perfectamente capaz de defenderse, ¡y ese era justo el problema! Aquella mujer no parecía una amenaza, sólo tomaba fotografías. Jamás intentó detenerla ni hablarle. "A ver amiga: ¡nadie, absolutamente nadie, por ningún motivo puede estar chingando con tanta pinche fotito sin permiso! ¡No te confundas! ¡Tienes que ponerle un alto!" Alita la regañaba, observándola a través del velo de vapor de su café. Su empatía le dio el empujón que necesitaba. "¡Y no debes esperar! Esta persona te está acosando y piensa que puede hacer lo que quiera." Así era. No debía esperar más. Ahora podía decirlo: aquello era simple y vil acoso. Nunca le dio permiso para fotografiarla y era obvio que lo hacía. "Si quieres te acompaño, pero de una vez te digo que yo correr no. Vamos caminando tranquis. ¡El caso es que pare su acoso ya! Y sí, llámale con todas sus letras: acoso."

¡Era suficiente! Por supuesto que la abordaría. Aunque tenía la opción de reportarla con los vigilantes, prefería sacarse la espina ella sola. Su mente traicionera le decía: ¿y si haces el ridículo? ¿Y si todo lo has malinterpretado? ¡Pues que se joda! Al menos saldría de la duda. Jaló aíre con fruición para tranquilizarse. Quizá hubiera sido bueno aceptar compañía o traer algo para defenderse. ¡Carajo! Eso se le acababa de ocurrir. Repasó mentalmente las pocas herramientas que traía en su camioneta. No se imaginaba corriendo con la llave de cruz, pero algo más chico habría encontrado. Levantó la vista y notó el avance de la neblina, pronto alcanzaría las ramas bajas. Si se tornaba demasiado espesa daría la vuelta para regresar. "¿Miedo?" su voz interior se burlaba. Se concentró en la carrera. Enderezó la postura y corrigió su zancada. Podría estar equivocada, pero no importaba. Quizá mañana se reiría del final de la historia y de lo ridículo de sus temores, pero sería libre. "¡Hey, y nada de fotitos mientras paso!" Planeaba decirle. Incluso estaba dispuesta a ofrecer una disculpa si era una equivocación. ¿Acaso estaba muy sensible estos días? ¿Cuándo tenía que bajarle? A lo mejor no era para tanto. ¡Sería bueno preguntar primero!

Al doblar la curva la vio y la furia fue un puñetazo. ¡No, esto no era su imaginación! Tragó saliva y enfiló mirándola directo. La fotógrafa se percató y empezó a caminar hacia la cuneta. Su evidente temor la enardeció. ¡Entonces no había error, la reconocía! Vio cómo la fotógrafa levantaba su cámara descaradamente, ¡enfocándola! Una nueva idea llenó su mente: ¿qué diablos hacía con todas las fotos que le había tomado? ¡Le dieron ganas de pegarle! Se detuvo jadeante frente a la fotógrafa que bajó despacio la cámara. Apretó los puños y aspiró. ¡Le daría sólo una oportunidad!

—¿Piensas hablarme?

Bendito sea el Santo Patrono

PATRICIA ESCOBEDO GUZMÁN

Ramiro Altamirano y Lucrecia Bojórquez, eran la típica pareja ejemplar que participaba en todos los eventos, que siempre estaba dispuesta y que, sin temor a equivocarnos, eran admirados por propios y extraños, por el ejemplo que daban a la sociedad.

Vivían en la comunidad de Xalpa de Linares y tenían cuatro hijos adolescentes, dos hombres y dos mujeres, que también eran ejemplares y siempre tenían algo que hacer y algo en qué ayudar a los demás.

Los domingos estaban desde temprano en la iglesia con el padre Jacobo, ayudando a organizar la sacristía, los asientos, los arreglos florales, la entrada y todo aquel detalle que tuviera que ver con los feligreses.

Lucrecia era miembro del Patronato y daba clases de catecismo a los niños de la localidad y pláticas prenupciales a los futuros esposos mientras que Ramiro Altamirano organizaba lunadas de conversación con parejas en problemas matrimoniales; con jóvenes con adicciones y con niñas y niños con discapacidad, pues él aseguraba que la comunicación entre iguales era factor fundamental para ser mejores personas.

Cinco veces al año organizaban los campamentos al Cerro del Santo Patrono y las personas invitadas a asistir sumaban cientos y cientos de jóvenes venidos de los Colegios más prestigiados de las ciudades más importantes del país y los jóvenes comprometidos de todas las sacristías de todos los rumbos.

Lucrecia y Ramiro encabezaban personalmente la travesía y en ella iban viendo quiénes eran las personas ideales para pasar al "siguiente nivel".

Y es que, de todas las personas que ellos conocían, siempre seleccionaban a las "bien portadas", con familias bien posicionadas y que fueran obedientes, frágiles y fáciles de convencer, incluso si sus familias no les prestaban mucha atención, mucho mejor.

Con el paso de los días o a veces meses, iban reclutando candidatos que invitaban a su casa a desayunar, comer o cenar para irlos fogueando y conociendo y poco a poco los iban doblegando a formar parte de reuniones clandestinas en nombre del Santo Patrono, que los "había elegido" para formar parte de sus grupos selectos.

Los invitaban a reuniones especiales donde iban a ciegas y ahí, a los que consideraban como espléndidas presas: al estilo de un selecto depredador, los arrinconaban de tal modo, que acababan cayendo por completo para sus fines, pues era el momento que el Santo Patrono había elegido para ellos y entonces, les ponían pruebas para checar su fortaleza; una de tantas era ir a pintar en la madrugada una frase a la pared de la presidencia municipal o a la pared de la casa de un alto funcionario que debía decir: "Bendito sea el Santo Patrono", al hacerlo, demostraban su amor total a la Organización y a sus mentores: Ramiro y Lucrecia, quiénes complacidos, como buenos depredadores, felicitaban a sus discípulos y los homenajeaban en público, haciéndoles una gran fiesta y alharaca; no así, a los que no pasaban esta y otras pruebas que ideaban para valorar su potencial. A quiénes se negaban, les daba miedo, no lo hacían o simplemente fallaban y lo hacían mal, los "castigaban" en nombre del Santo Patrono, obligándolos a permanecer de pie largas horas, aprendiéndose de memoria los lineamientos de la Organización a la que ni siquiera sabían que pertenecían, o dejándolos en medio de un paraje boscoso sin zapatos, con una camiseta ligera, sin comida ni agua y con la consigna de caminar hasta encontrar la carretera mientras iban leyendo los valores y fortalezas del Santo Patrono (a quién habían defraudado), hasta aprenderlas de memoria; a las mujeres a las que ya les había echado el ojo Ramiro; las llevaban a una residencia grande y llena de habitaciones donde eran puestas como en catálogo para que Ramiro y los Patriarcas de la Fundación del Santo Patrono, eligieran para platicar con ellas, pasar un buen rato a solas y en nombre de su Santo Patrono, ser tomadas como una ofrenda para que la Organización, sus miembros, sus lineamientos y estatutos, fueran plenos y únicos: así pues al grito: "¡Bendito sea el Santo Patrono!", desde jovencitas hasta mujeres de mediana edad, se doblegaban ante estos hombres, en aras de que el Santo estuviera contento; por lo que los actos de estos depredadores eran continuos, consensuados, espantosos y terribles para estas mujeres elegidas por mil y un motivos muy diversos.

En el caso de los jóvenes varones, las historias de los actos de depredación no eran menos escabrosos; a ellos les pedían enamorar a las jovencitas de la Congregación para manipularlas por amor al Santo Patrono y por temor a que les hicieran algo a sus familias, pues les decían que el Santo las había elegido, pero que, si no cumplían sus deberes para la Organización, sus familiares pagarían las consecuencias de su rebeldía y mal juicio.

Así pues, casi todas eran sometidas por esta razón cuando ya se encontraban muy adentro de la

Organización, la gran mayoría, acababan casadas con jóvenes que no querían pero ya las habían seleccionado; tras eso, quedaban embarazadas y obligadas a estar en casa cuidando a los hijos, apoyando a la Organización por y para siempre y reclutando a nuevas jovencitas incautas que conocían en las parroquias, en los encuentros juveniles o en los eventos que organizaban a favor del Santo Patrono y de esta manera, este movimiento siempre sería firme, inmortal e invencible; la cuota era reclutar a 35 mujeres y los varones a 50 hombres cada trimestre, con la intencionalidad de que el Santo Patrono estuviera feliz y la Congregación creciera satisfactoriamente.

Los líderes más importantes, hacían ceremonias de iniciación en nombre del Santo Patrono; cuidaban cada detalle; los futuros líderes, hombres y mujeres, acudían sin saber bien a bien a dónde iban pues les citaban a una reunión nocturna muy lejos de su casa; les pedían que se quitaran su ropa en la entrada y se colocaran una túnica blanca y tras salir a un gran pasillo, los formaban ceremoniosamente en total silencio, para solicitarles que entraran de 10 en 10, se hincarán, tomarán un vino especial de celebración y colocándoles una venda en los ojos, les ungían un aceite en su rostro, cabeza y manos y les pedían que repitieran una letanía donde prometían dar su vida al Santo Patrono y a la Organización para siempre.

Todos quedaban muy asombrados con la ceremonia, y los líderes encabezados por Ramiro y Lucrecia se regodeaban al ver que sus víctimas de esta total y absoluta depredación mental estaban listas para insertarse en la sociedad de manera anónima pues les cambiaban el nombre y los apellidos y en nombre del santo Patrono, por admiración, ejemplo, miedo, ambición, soberbia, manipulación, terror, orgullo, deseos de triunfo, locura, anhelo de riqueza y poder, pánico, amor o deseo; todos ellos pasaban de sometidos a la nueva generación de depredadores con la consigna de reclutar por las buenas o por las malas a cuanto terrenal se cruzara en el camino y vieran que tenía potencial para estar "adentro".

Si alguno de los elegidos cometía el error de querer salir de la Organización, no obedecía las órdenes, faltaba a su promesa de hacer todo por el Santo Patrono, no reclutaba a la totalidad de sus hombres o mujeres o faltaba a algún lineamiento y dependiendo de su rebeldía, tenía consecuencias fuertes pues de cuando en cuando, alguien desaparecía y tras meses de búsqueda aparecía muerto, o casualmente en su trabajo era mandado a algún lugar lejano fuera del país o era amenazado de tal manera que prefería desterrarse para no volver a ser visto ni oído por nadie, llevando el secreto del Santo Patrono con él.

Muchas historias se pueden contar, tantas más están por ser contadas, lo que sí es un hecho, es que los actos de depredación en nombre del Santo Patrono, son reales, por supuesto, nadie cercano nos lo puede contar, pero hay que tener cuidado pues al grito unísono de "¡Bendito sea el Santo Patrono!", donde tres o más se reúnen, seguro encontrarás muchas historias que preferirías ni siquiera saber.

Por cierto, hoy es la boda del hijo mayor de Ramiro y Lucrecia; Sofía, la guapa novia es hija de los hacendados de la Ranchería Miraflores, la Hacienda más próspera de la región y Sofía es muy amiga de las dos hermanas de Armando, el hijo de esta extraordinaria pareja que está más que feliz de que su hijo se case "tan enamorado" y con todos los valores que le inculcaron en nombre del Santo Patrono; cabe destacar que Sofía tiene tres meses de embarazo y tenía otro prometido, pero casualmente, se marchó con toda su familia fuera del país hace más de medio año, pues el Santo Patrono, no vio con buenos ojos que faltaran a algunos actos públicos en los que había que desembolsar una fuerte cantidad de limosna para las obras de caridad del Patrono; así que mejor se fueron; y entonces Armando, se "enamoró" de tan extraordinaria joven, cuya familia hace todo en nombre del Santo Patrono a quien veneran con real abnegación.

Así que hoy hay fiesta en Xalpa de Linares.

"¡Bendito sea el Santo Patrono!"

Aves Nocturnas

MAGDA BALERO

A la hora acordada los seis se conectaron en la video llamada. Habían transcurrido veinte años de haberse graduado y ahora, Luisa los convocaba a una reunión virtual. ¿Alguien se acordaba de quién era Luisa? ¿En qué grado habían sido compañeros? Esas preguntas cruzaron por sus cabezas sin lograr hacer memoria. Alguno recordó vagamente a una Luisa que había sido su compañera en el primer semestre de la carrera, pero no le venía a la memoria su apellido. De su cara, ni hablar, no había un recuerdo claro. Pero, no importaba, se iban a reunir y allí harían remembranzas de aquellos años cuando se hacían llamar "las aves nocturnas".

A Luisa le palpitaban las sienes, era una excitación que no recordaba haber tenido antes. Los iba a ver otra vez, después de veinte largos años. Había tenido tiempo de preparar esta reunión gracias a la pandemia; encontró oportuno que ahora se llevaran a cabo este tipo de prácticas porque, de otra manera, no hubiera podido hacerla y sus planes se hubieran retrasado hasta encontrar otra solución. Se miró al único espejo que tenía colgado en la puerta del closet. Al ver su reflejo evocó momentos dolorosos, pero, aun así, se acomodó los cabellos negros en una trenza. Algunas hebras blancas brillaron con la luz del cuarto. Percibió un nudo en la boca del estómago. Quiso llorar, pero ya no había lágrimas en sus ojos.

Se sentó en un sillón que había colocado contra la pared blanca. Sin adornos, sin cuadros. Vacía. Como ella. Frente al sillón, una mesita en la que había una laptop, el ratón y un aro de luz led. Junto a la computadora había un vaso lleno de agua y un frasco con un líquido incoloro. El resto del departamento contaba con una cama individual, un buró donde había una lámpara de lectura y una torre de libros. Un baño pequeño y una estufa de dos quemadores junto a un mueble de cocina. La soledad y el dolor se adherían a los pocos muebles. Miró por última vez el pequeño nido en el que había vivido y llenó sus pulmones de aquella soledad.

Encendió el ordenador y se conectó a la aplicación para iniciar con la videollamada. Eran cinco minutos antes de la hora acordada. Mantuvo su cámara apagada hasta que vio un nombre en la pantalla: Maribel. Le dio entrada. Apareció una mujer joven, el cabello teñido de rubio platino que se movía como en cámara lenta cuando ella lo acomodaba con su mano. Así la recordaba, displicente, como si el mundo no la mereciera. No tuvo tiempo de saludarla porque de inmediato comenzó a conectarse el resto de los invitados. Willy, Sergio, Vivi y Tato.

El corazón de Luisa palpitaba con furia; la caja torácica impedía que se le saliera. Volver a verlos hacía que los recuerdos fueran como caballos salvajes. Tenía húmedas las manos y, a pesar de estar en pleno invierno, ella sudaba. El plan estaba en marcha y no podía retroceder. Había esperado este momento veinte largos años.

Su mente regresó al presente cuando escuchó que alguien decía su nombre relacionándola con una compañera que se había casado en el segundo o tercer semestre de la carrera, con un diplomático. Ella se rio. Fue una risa que había ensayado muchas veces y que había copiado de una artista de telenovelas. En general, Luisa no reía. Creía que no había algo por lo que tuviera ni siquiera que sonreír.

Escuchó la voz de Sergio, fuerte, grave y profunda. Le recorrió un escalofrío. Lo recordó encima de ella. Quiso vomitar, como lo había hecho veinte años antes. Él preguntó que entonces quién era. La única Luisa que recordaban era la que habían mencionado.

—Tal vez no me recuerden porque estuve sólo en el primer semestre. Yo si me acuerdo de ustedes muy bien— dijo, buscando que su voz no reflejara su nerviosismo.

Los rostros de los cinco invitados eran entre divertidos y expectantes. Sólo Luisa permanecía en su pantalla con la imagen de una Miss Piggy sofisticada, en un atuendo rosa y guantes con pedrería.

—Wow Luisa, podría contratarte en mi agencia como modelo. Necesito modelos de talla grande — dijo Vivi y lanzó una risa divertida al descubrir el icono de Miss Piggy. Los demás le hicieron coro. A ella, las risas la taladraron como dagas.

—Por cierto, Vivi, necesito unas edecanes para mi campaña. ¿Saben que estoy de candidato de mi partido para senador? — Tato habló, después de darle un trago a su wiski.

—Tato, ¿sabes que puedo apoyarte en tu campaña? Soy dueño de Artificial Inteligence Corporation. Podemos hacerte una campaña mejorando tu imagen a través de sofisticados programas — intervino Willy con un brillo en los ojos imaginando la oportunidad de infiltrarse en los círculos políticos del país.

—Ya que estamos en la hora de las complacencias, Sergio, ¿qué negocio podemos hacer?, recuerdo que te quedaste con la empresa de suministros del ejército gracias a que tu papá fue General. ¿O no? — preguntó Tato en tono de broma.

—Así es. Con que no me dejen de caer contratos, con eso me conformo.

Sergio lanzó una carcajada sonora mientras se reclinaba en un sillón de cuero.

—Bueno, amigos, no hemos dejado hablar a nuestra anfitriona. Y tú, Luisa, ¿a qué te dedicas?

Maribel se inclinó a la pantalla cuando lo dijo. Esperó que Luisa encendiera su cámara, pero no lo hizo. Después de unos segundos, escucharon su voz.

—Soy desarrolladora de sistemas. Además de pertenecer a un grupo de élite llamado "las aves nocturnas".

—¡Como nos hacíamos llamar en la universidad! —Chilló Maribel entusiasmada—. Entonces debes de haber sido muy cercana a nosotros. Pero, sigo sin recordarte.

—¿Cercana?, algo así.

—Nos tienes en ascuas, Luisa. Ya dinos quién eres.

Vivi se movió en su sillón, como una niña caprichosa y su voz sonó melosa. Así la recordó Luisa cuando quería que le hiciera la tarea de matemáticas mientras se iba a desayunar con sus amigos.

—¿La imagen que puse en lugar de mi foto, no les dice algo?

Los cinco se acercaron a sus monitores para ver mejor la imagen. Las respuestas fueron diversas: es Miss Piggy, una cerdita, un moppet.

—Hace veinte años me decían Güicha, ¿recuerdan ahora? También me decían "cerdita", "oinc". ¿Y cómo te referías a mí, Willy? "Rotoplas", en alusión a mi tono de piel y mi gordura.

Los rostros de los participantes fueron palideciendo uno a uno conforme empezaron a recordar de quién se trataba.

—No he cambiado mucho, debo decirles.

Desapareció Miss Piggy y apareció una mujer gorda, su piel oscura sin brillo gracias a la luz led. Se le marcaban surcos en la frente y alrededor de sus ojos la piel se tornaba casi violeta. Sus ojos mostraban un dolor y tristeza profunda.

—¿Para qué nos has invitado a esta reunión? ¿Quieres algo de nosotros? — preguntó Tato. Su tono fue práctico. Como buen político que era.

—No. De ustedes hace mucho tiempo que no espero nada. Después de la fiesta a la que me invitaron para su diversión, ya no espero nada de nadie. Esa noche, mi vida terminó. La vida de mis padres terminó. Me convertí en una "ave nocturna", pero no como ustedes. Dejé de salir de día por miedo al escarnio. Tenía miedo de que me volvieran a violar como ustedes lo hicieron en la fiesta. ¿Se divirtieron? Yo creo que sí y mucho.

Los cinco se movieron incómodos en sus sillones.

—Creo que todo esto no viene ya al caso. Éramos jóvenes y según recuerdo, no te negaste a ir a la fiesta — dijo Willy, al tiempo que se removía en su sillón situado enfrente de un librero de caoba.

—En efecto, no me negué porque deseaba que me aceptaran. No conocía a nadie y pensé que era una buena oportunidad de demostrar que no era solo una gorda fea, que era alguien inteligente y podía ser divertida.

—Si es para recordar cosas que ya quedaron atrás, tengo que decir que me voy a desconectar. No tengo tiempo para bobadas — dijo Tato haciendo un gesto de fastidio.

—El pasado siempre nos alcanza. Es una sombra que no nos deja, avanza con nosotros y tarde o temprano la tenemos que enfrentar.

Luisa habló con una voz firme, que ella misma desconoció. Tato y los demás, que se preparaban para desconectarse, la miraron desconcertados.

— Les diré lo que va a suceder ahora que el pasado los ha alcanzado. No pueden desconectarse hasta que yo haya terminado de hablar. Y no pueden hacerlo, porque he hackeado sus computadoras y tengo el mando de ellas, así como de sus teléfonos.

De inmediato acercaron sus manos para desconectarse, pero con sorpresa comprobaron que lo que Luisa les decía era verdad.

—Willy, he trabajado en tu empresa y no te has enterado. Estoy en el turno de la noche porque no me atrevo a salir de día. A partir de mañana, desde tus instalaciones comenzará a circular entre sus proveedores y clientes, un correo detallado de la violación que sufrí hace veinte años en la casa de Maribel. Y ni qué decir a sus redes sociales y a sus familias junto con el video de este encuentro.

Las palabras salían como en cascada. Ya nada la detenía. Los cinco miraban con sorpresa a aquella mujer a la que si recordaban haber violado y haberse burlado de ella.

—¡Pero, Luisa! ¿por qué cobras venganza de Maribel y de mí? ¡Nosotras no te violamos! ¡fueron ellos! ¡Willy, Sergio y Tato! — dijo Vivi, olvidando su postura de modelo para acercarse al monitor dejando ver la enorme cantidad de maquillaje que cubría las imperfecciones de su rostro. Su voz reflejaba el miedo de ser relacionada con un hecho semejante.

Sin cambiar el tono, Luisa continuó hablando.

—A ustedes, Vivi y Maribel, las escuché a través de la puerta del baño. Hablaron de callarme para que no levantara cargos contra ellos. Después de esa noche, en los días siguientes, se burlaron de mí y me convirtieron en el payaso de la clase. Terminaron con mi autoestima. A partir de ahora, vivirán el infierno que yo viví. Como dije al principio, pertenezco a un grupo que nos llamamos "las aves nocturnas". Somos un conjunto de hackers que hemos sufrido a manos de depredadores como ustedes. Ellos se encargarán de que su vida sea un infierno. Por mi parte, me despido. No me queda mucho tiempo de vida y quiero que también se queden con este recuerdo mío.

Luisa tomó el frasco, vertió el líquido en el vaso que tenía preparado y lo bebió. Después de unos minutos, ante la mirada atónita de los cinco, el rostro cetrino de Luisa palideció con un gesto de dolor. El veneno había hecho su trabajo.

El Clavel Rojo

ELIZABETH ARÉSTEGUI GONZÁLEZ

Había pasado casi un año de la operación de Adela, en la que estuvo a punto de perder la vida, ya que una simple apendicitis se convirtió en una peritonitis, pero su juventud y sobre todo el hecho de que era fanática del ejercicio y la comida sana, logró salvarla, y después de una larga recuperación, ahora su vida había vuelto a la normalidad, había regresado a su trabajo como subdirectora de una prestigiada escuela en la Ciudad de México y a la ardua tarea de mamá de tres adolescentes, ya que desde que Antonio, su esposo, había muerto ahogado al caer mientras esquiaba en el lago de Tequesquitengo, ella había tenido que hacerse cargo de su vida y de la de sus hijos

Desde la muerte de su yerno, Martha había tenido un sueño recurrente en el que se veía caminando en un hermoso jardín tapizado de claveles rojos, sentía cómo el viento acariciaba su cara proporcionándole una sensación de paz y relajación, de pronto, Adela aparecía a su lado llevando en las manos uno de esos hermosos claveles rojos y con su acostumbrada sonrisa que iluminaba su cara le decía: "toma este clavel mamá, te lo doy para que sepas que siempre estaré a tu lado, tengo que irme de viaje pero sé que tú puedes encargarte de mis hijos hasta que nos volvamos a ver". Martha tomaba el clavel, lo olía y daba la media vuelta, siempre despertaba en esa parte del sueño con la sensación de que hubiera querido que éste continuara, porque la hacía sentir tan bien; cuando tenía ese sueño, todo el día estaba llena de alegría, todo lo veía claro y hasta los asuntos más conflictuados en su trabajo los resolvía con tranquilidad y sin estresarse.

Habían adquirido la costumbre de cenar todos los viernes en el restaurante italiano ubicado abajo del edificio en donde vivía Martha, era un lugar pequeño y muy acogedor en donde se podía platicar tranquilamente, siempre se sentaban en la misma mesa y como de costumbre, en cuanto tomaban asiento, Tomás, el mesero, aparecía con dos copas y una botella de vino de la casa: "Buenas noches señoras, ¿listas para disfrutar su cena?" Hacía la misma pregunta cada viernes, con una reverencia y una sonrisa. Más tarde llegaba la pizza vegetariana y una ensalada mediterránea, todo para compartir.

La conversación giraba alrededor de cómo habían pasado la semana en sus respectivos trabajos, en cómo llevaban los chicos sus adolescencias y cómo estaban superando la trágica muerte de su padre, la cual había ocurrido un año antes de la operación de Adela.

Por primera vez Martha se atrevía a contar su sueño a Adela, el cual cada vez era más frecuente y últimamente había tenido una variante, al dar la vuelta con el clavel rojo que le había entregado Adela en la mano, veía a sus tres nietos que corrían con los brazos abiertos hacia ella, en ese momento despertaba con la misma sensación de paz que le duraba todo el día.

Sin poder contener la risa y con un dejo de burla, Adela le dijo "Pero mamá, cómo se te ocurre incluir claveles en tus sueños, y sobre todo cómo crees que yo te voy a regalar un clavel rojo, si de sobra sé que no te gustan los claveles, en cambio a mí me encantan, para mí son las flores más bellas que la madre naturaleza ha creado, si yo fuera una flor, seguramente sería un clavel y un clavel rojo, en fin, dejemos tus sueños a un lado y escucha lo que me ha pasado hoy, me llamó la directora de la escuela a su oficina, en un principio pensé que algún padre de familia quería hablar conmigo, pero al entrar vi que la directora estaba sola y eso me preocupó un poco, pero… ¿qué crees mamá?, me llamó para ofrecerme la dirección de la nueva sucursal de la escuela que se abrirá el próximo año en Querétaro. No podía creerlo, ¿te das cuenta? Esto significa un importante aumento de sueldo, lo único malo, dijo Adela cambiando su tono de voz, es que tendremos que irnos a vivir a Querétaro.

Martha sintió una opresión en el corazón y al mismo tiempo un nudo en la garganta que no le permitió decir una sola palabra, tardó un rato en recuperar la calma y con una sonrisa dibujada en los labios, le dijo a Adela: "Vaya, esa sí que es una buena noticia, todo cambio es para bien tuyo y de los chicos, además, Querétaro está muy cerca de la capital y podremos visitarnos con frecuencia, será como ir de paseo; solo quiero pedirte un favor le dijo Adela, ¿te puedes quedar con mis hijos la próxima semana? Tengo que ir a firmar unos papeles y voy a aprovechar para buscar una casa para vivir con mis hijos y contigo, cuando decidas dejar de trabajar.

6:00 en punto de la mañana, la alarma del celular sonaba con furia, Martha lo tomó y antes de apagarlo, estuvo a punto de tirarlo, se levantó con mucha pereza y se dirigió a la habitación en donde dormían sus nietos. "Vamos, vamos chicos es hora de levantarse para ir a la escuela". Les dijo con una voz dulce pero enérgica, al tiempo que les esperaba en el comedor para el desayuno.

Manejaba de regreso luego de dejar a los chicos en la escuela. Rumbo a su oficina, se preguntaba si ya estaría Adela en Querétaro, había salido muy temprano para no encontrarse con el tráfico acostumbrado de los lunes, prendió el radio y empezó a escuchar en las noticias que había habido un terrible accidente en la carretera de Querétaro y que el tráfico estaba parado por varios kilómetros. De pronto, una llamada con un número desconocido entró a su celular, Martha no acostumbraba contestar llamadas de números desconocidos, sin embargo, esta vez sin saber por qué, contestó el celular, una voz de hombre preguntó: "Es usted la madre de la señora Adela Arenas? Sí, contestó Martha sintiendo que el corazón le latía desenfrenado, y un sudor frío le recorría todo el cuerpo. "Señora", dijo aquel hombre, "encontramos este celular entre las pertenencias de su hija y encontramos su número, la señora Arenas sufrió un accidente y está en terapia intensiva del hospital general de Querétaro, es necesario que un familiar se presente lo más pronto posible". "¿Está viva?" Preguntó Martha. "Sí, pero está muy grave". Contestó el hombre.

Caminaba Martha a toda prisa entre los pasillos del hospital, preguntaba a cuanta gente con bata blanca veía. "No son horas de visita señora". Le contestaron algunos, hasta que desesperada y con la angustia dibujada en su cara, gritó: "Mi hija tuvo un accidente y alguien me llamó para decirme que estaba en terapia intensiva de este hospital". Al escuchar esto, un joven doctor que pasaba cerca de ella, la miró, la tomó del brazo y le pidió que lo acompañara, caminó junto a él y no pudo dejar de ver a su paso la cantidad de camillas adaptadas como camas en donde acomodaban a los enfermos que no eran de gravedad. Llegaron a una pequeña sala en donde había dos sillas blancas de plástico, el doctor le pidió que se sentara y frente a ella se sentó él. "Señora", le dijo mirándola fijamente a los ojos. "Su hija está muy grave, estamos haciendo todo lo posible por salvarla, pero el vaso y el hígado sufrieron daños muy serios, y sus pulmones están llenos de agua, todo esto por las contusiones que sufrió al voltearse el coche en que viajaba".

Martha había pasado toda la noche sentada en esa silla que le masacraba la espalda, sin poder dejar de preguntarse por qué los accidentes fatales les perseguían, su yerno y ahora su hija, ¿sería una especie de maldición? Eran las 8:30 de la mañana cuando vio llegar a los tres muchachos acompañados de Laura, su mejor amiga y a quien le había llamado desde el momento en que supo de la gravedad de Adela, tenía que hablar con alguien para desahogarse, de lo contrario sentía que se iba a volver loca, la abrazaron, le pidieron que les contara todo, en ese momento, Martha vio al doctor caminando hacia ellas, con la cabeza baja y con el cansancio reflejado en la cara. Levantó la cabeza al estar frente a ella y con voz suave le dijo: "Lo lamento mucho, hicimos todo lo posible, pero no pudimos salvarla, su hija acaba de morir".

Por fin acabó todo, pensó Martha: el velorio, la cremación, depositar las cenizas en el nicho. Caminó rumbo a la recámara en donde dormían sus nietos, abrió la puerta y los vio dormidos, sentía un dolor inenarrable en las entrañas, caminó de regreso a su recámara, entró, puso el seguro, se sentó en la orilla de la cama y por fin, con la cabeza entre las manos pudo llorar y llorar y llorar. "¿Qué vamos a hacer sin ti hija? Estamos desbaratados. Un nudo en la garganta la hacía llorar casi a gritos, así estuvo hasta que el cansancio y la pastilla que la habían obligado a tomar hicieron efecto.

Abrió los ojos, y pensó: "Me quede dormida con la ropa puesta". Vio de reojo el reloj, marcaba las 6:30 de la mañana, volvió la cabeza y vio un clavel rojo depositado sobre la almohada, se sentó como si un resorte la empujara, tomó el clavel, lo olió y con sus dos manos lo puso en su pecho. De pronto, volvió a sentir esa paz y tranquilidad que siempre sentía después de su sueño, era indescriptible. Después de muchos días, por primera vez se descubrió con una sonrisa en el rostro, y se dijo a sí misma: "Vamos Martha, levántate, tienes mucho que hacer todavía".

Sin Conciencia

AIDE MATA

Es alrededor de media noche, los perros aúllan cerca de un lote extenso y vacío, las casas más cercanas se encuentran a un centenar de metros, antes de eso el silencio nocturno imperaba, por ello fue notorio para los habitantes el bullicio provocado, alguno de ellos terminó llamando a las autoridades, posiblemente por las luces que vio en medio de la nada o los gritos ahogados de alguien en las cercanías, estaba seguro que tardarían en llegar, pero tampoco se trataba de hacer oídos sordos, los animales huelen la muerte y ésta al parecer, rondaba cerca, por ello seguían inquietos.

Varias patrullas acompañadas de una ambulancia llegaron al predio, para cuando lo hicieron, algunas personas se encontraban cerca merodeando ante el aviso de un trabajador que pasaba y vio unos canes peleando por un trozo de brazo, ellos fueron quienes dispersaron a los perros, no fue tarea fácil, aquellos animales no querían soltar el botín que lograron desenterrar, uno de ellos en el hocico aún sostenía un hueso demasiado largo para ser de un animal de la zona. Como siempre un reportero fue el primero en llegar, había olfateado la noticia y llegó pocos minutos antes que las autoridades. Comenzó a tomar fotografías de un montículo donde asomaban algunas piezas óseas, despojos descarnados y colgajos de ropa, al igual que de la gente alrededor. Cuando los oficiales llegaron la escena estaba ya contaminada, al verlo intentaron impedirle el paso solicitándole su nombre y lugar de trabajo, hicieron lo mismo con el resto de los vecinos que se encontraban en ese momento en el lugar, mientras empezaban a acordonar el sitio. El oficial a cargo inmediatamente llamó a sus superiores para informar que aquello era una tumba clandestina, necesitaban peritos, médico forense y refuerzos, no pudo evitar que los presentes escucharan partes aisladas de la conversación, era obvio que había más de un cadáver, no podía dar datos hasta no despejar todo, rodearon con cinta un perímetro más grande que el inicial.

Mientras todos empiezan a retirarse, alguien pega un grito un poco más allá del área restringida, grita con desesperación llamando la atención de los gendarmes. Inmediatamente varios de ellos se dirigen hacia el punto en cuestión, apuntan con las lámparas al lugar donde señala el transeúnte, pueden ver un bulto que se mueve con dificultad, no hay duda de que alguien está tratando de liberarse de la tierra acumulada sobre de él, lo ayudan con prontitud, dos paramédicos que observan a la distancia, corren ante el grito de auxilio, esta vez es su turno de actuar, una vez extraída la víctima, se dan cuenta que es una mujer, la llevan de prisa en ambulancia a recibir los primeros auxilios al hospital más próximo, la custodia una unidad de policía.

Las risas se oyen por todo el salón de clases, Marisa es una de las mejores estudiantes del tercer año de universidad en la carrera de ciencias de la comunicación, no puede evitar también la sonrisa ante los comentarios de sus compañeros de que serán los próximos locutores de deportes televisivos, disciplinada, muy seria, tímida, de facciones regulares, algo regordeta, no era bonita pero tenía algo indiscutible, era una chica que generaba simpatía solo de verla. Se disculpó por tener que retirarse en medio de la conversación, necesitaba salir a realizar el depósito del semestre; con eso mente, se despidió con un saludo tomando su mochila, sin saber que sería la última vez que la verían con vida.

Salió con prisa de las instalaciones de la escuela, camino rápido, sin percatarse que en el campus estaba estacionada una camioneta con el logotipo de una televisora local, no le dio importancia, aunque era su sueño también trabajar en una; el chofer, un hombre alto de complexión magra algo mayor se apeó del vehículo dirigiéndose a ella haciéndole una serie de preguntas, ella amablemente se detuvo a conversar con él, no sintió desconfianza, él la invito a subir y ella aceptó sin dudarlo, un maestro, a cierta distancia, vio la escena, pero no prestó mucha atención, pues parecía que ella conocía al dueño del transporte.

Después de su desaparición, las autoridades locales decidieron que era un caso aislado. Cuando ocurrió la segunda víctima habían transcurrido varios meses y no fueron relacionados, cabía la posibilidad de una fuga de casa, ya eran mayores de edad y era muy común que se fueran con sus novios, a pesar del tiempo y los reclamos, ningún caso de esta índole causaba mucho revuelo, en dos años las desapariciones notificadas habían alcanzado la cantidad de aproximadamente dieciocho jóvenes entre 18 y 25 años, nunca pensaron en la posibilidad de un asesino serial; eran estudiantes o mujeres trabajadoras, incluso madres de familia jóvenes, pero al ser una ciudad grande también había ausencias de hombres, homicidios, robos , asaltos, etc., hasta esa noche en que los perros aullaron desenterrando una tumba clandestina.

Con los *perros azules tras de mí, pegué tal corretiza durante varias cuadras, que terminé jadeante como uno de ellos, hasta encontrarme en una colonia de la periferia. Aquí la gente vive en casas de cartón y materiales reciclados, tienen letrinas en vez de baños, afuera, al aire libre, un hoyo, largo, profundo, lleno de mierda, con un sanitario sobrepuesto, dentro: cuartuchos de madera. Encuentro una cuerda en una construcción derruida, sin detener mi carrera, la llevo conmigo, tengo un plan en mente, un extremo lo ato a mi cintura y el otro me da tiempo de sujetarlo a un árbol, como si de la tasa se tratase, hay muchos así, eso me ha dado la idea.

No puedo bajar más, la pestilencia me ahoga, los escucho, vienen por mí, oigo sus pasos, sus voces, me descuelgo en aquel hoyo inmundo de inmediato, de un solo brinco me agarro al borde para bajar, casi no hay de donde afianzarme, aun así, me sostengo de unas cuantas raíces salidas, los brazos duelen, los músculos están a punto de explotar, el peso de la mochila me jala, pero sé que en este lugar no van a buscarme, debo aguantar.

Los latidos del corazón retumban por toda la letrina, es un delator, no sé cómo callarlo, están demasiado cerca, no puedo bajar más, la mierda me moja ya media pierna, y aquel hedor impregna todo mi cuerpo. Resistir, eso tengo que hacer. ¿Cómo pude cometer ese error? La enterré viva, no quiero que los policías me ubiquen y me devuelvan a ese infame lugar.

Trato de controlar los desbocados temblores de mi cuerpo, aferrado a los bordes de aquel nauseabundo lugar que casi hace que me doble en arcadas y suelte las paredes a las que me aferro con la manos desnudas, llagadas, laceradas, no se van, rebuscan por todo el lugar, no quieren soltar su presa, son animales de caza, depredadores, de alguna forma me recuerdan a mí, saben que estoy cerca, pero la misma letrina disimula muy bien mi hedor.

Solo con mis pensamientos, mi mente retrocede a otra ciudad. Me mandaron a la correccional, con tan solo siete años, creo que ahí fue donde se inició todo. ¡Qué lugar tan cruel y tortuoso! Quienes lo custodiaban eran seres despreciables, todos bajo el mando de "La Patrona", una mujer que satisfacía sus bajos deseos con los jóvenes que llegaban, fui uno de los elegidos por ella, a pesar de mi corta edad, durante toda mi estancia en ese sitio sufrí toda clase de vejaciones, claro que no lo disfruté, solía descargar su furia y su insatisfacción en todos nosotros, tenía una mente retorcida, y gracias a que el marido era el regidor de aquel lugar podía hacer y deshacer a su antojo, pues él mismo solía participar en las violaciones para su antojo y placer, perdí mi inocencia y parte de mi humanidad en aquel lugar, hasta que hui a los doce años, cinco años después, cuando ya era alto y fuerte, preferí la calle, me fui no sin antes vengarme de ellos, quedaron ahí, sin más ni más, como muñecos rotos, a ella la estaqué con un leño grueso, una y otra vez, tal vez tantas como la que ella lo hizo conmigo, sin piedad, con unas ganas enormes de venganza, no tenía ni remotamente rastro de conciencia de que fuera algo malo, fue mi primera liberación, mis compañeros, mudos de terror nunca dijeron nada al respecto de quién había sido el asesino, tal vez porque ellos en su mente lo hacían junto conmigo. Al esposo le rebané el cuello mientras dormía, lo dejé en un charco de sangre; corriendo al amparo de la noche, me dirigí a la estación de trenes y me trepé al primero que vi en movimiento, me dispuse a dormir en el vagón cubriéndome con unos cuantos cartones que estaban en un rincón.

Trato de distraer el cerebro recordando cómo he cambiado de ciudad a lo largo de mi vida, sin poder evitar también visualizar mi paso por la misma, con tan solo quince años, era alto, ya medía 1.80 metros, me convertí en el azote de varias prostitutas, las robaba, asesinándolas, algunas veces junto con sus amantes en turno, les jalaba el pescuezo como pollos, para un ladito nomas, se oía un *crack*, se desguanzaban toditos, no sabría explicar por qué sentía bonito, cuando los veía ahí tirados y me iba con lo que les quitaba. Nunca duré mucho en un lugar, según la situación y los medios, cambiaba de nombre y de profesión, llegué a ser mendigo, limpiabotas, vendedor ambulante y así entre otras profesiones, algunas hasta elegantes.

La ley no tenía idea acerca de los asesinatos en el bajo mundo, hay muchas muertes que parecen insignificantes en ciertos niveles. Así siguieron las cosas, no llevé la cuenta, hasta que a los dieciocho años me atraparon por un error, cuando cambié de víctimas, la cacé como a una liebre, en la madrugada, esa maldita anciana supo defenderse y no pude terminar con ella de la misma forma, le di con un palo de golf que ella misma sacó para defenderse, duro y dale en la cabeza, al cuerpo; disfruté cada golpe, la sensación de oír cómo se reventaban cada una de sus partes, quebrar sus huesos, ni siquiera me di cuenta cuando dejó de gritar, solo no pude parar, hasta que el ruido alertó a los vecinos y alguien llamó a la policía, llegaron a tiempo para capturarme, me condenaron a quince años en la cárcel, porque solo de esa supieron, eso me salvo de una condena mucho mayor y me encerraron en un palacio negro, donde cumplí mi condena de la peor manera, creo que salí peor de ahí, pues aprendí nuevas formas de Matar. En ese maldito lugar me hicieron de todo, quedé en los huesos, nos tenían muertos de hambre, la única diversión era observar quién seguía en la lista para ir al foso, era el pasatiempo favorito de los guardias, el de ellos convertirnos en fieras raquíticas, esqueléticas, cadáveres vivientes, y si caíamos, pues nos tiraban y ya, valíamos menos que basura, salí con pase de buena conducta, pero de nada sirvió, pues yo solo sabía matar y robar, aquel lugar solo hizo que refinara mis dones, tomé la decisión de cambiar de aires, ser viajero errante para evitar que me atraparan.

Mis recuerdos se detienen al escucharlos, maldito inspector, hablan con los vecinos intentando encontrar pistas, no sé cuánto llevan, ya no aguanto, el excremento ya me llega a medio cuerpo, pero ahora me doy cuenta que esto no es nada comparado con aquel lugar, creo que el estar recordando me da nuevas energías.

No fue la única vieja ricachona, después de ella hubo otra, esa si estaba buena, bien forrada de centenarios, joyas y mucha plata, no lo he vendido todo, decidí ser precavido con mi futuro y aún me queda bastante, y siempre lo cargo conmigo por eso pesa tanto mi mochila, eso me hace recordar cómo la estuve acechando día a día, me aprendí su rutina; vivía sola, los sirvientes llegaban y se retiraban siempre puntuales, estuve quince días apostado en ese árbol, puliendo zapatos para poder llegar a su habitación y cuando lo hice, fue sencillo, la tomé por detrás asestándole un golpe no tan fuerte, solo para medio atarantarla, la aventé sobre la cama de espaldas, arranqué sus ropas interiores y con un palo de madera que traía conmigo, para no dejar huellas, la estaque una y otra vez, lo hice hasta dejarla sin movimiento, sucia, sin vida, la mujer no dejaba de recordarme a "la patrona". Por eso la terminé de esa manera, salí de esa gran mansión contento y con mi botín, corrí con suerte, la noche cubrió todo, no hubo testigos.

He recorrido innumerables ciudades hasta llegar aquí, en el tiempo que estuve viajando comencé a percatarme de la gente, hacia donde volteaba me percaté de las familias completas, me dio algo de envidia y quise formar un hogar, lo intenté, mas no pude, cada vez que tenía una joven entre mis brazos, los recuerdos llegaban de golpe a mi mente y no podía siquiera llegar a una caricia, regresaban una y otra vez, golpes, los gritos y el dolor sufridos desde la infancia, cerraba los ojos y al abrirlos , había acabado todo, solo quedaba un despojo de lo que había sido una hermosa chica, yo no quería matarlas. Dejaba transcurrir un tiempo, pero no pude dejar de pensar en mi familia, aquella que deseaba, así que volvía a buscar a quien sería mi compañera, volvía a intentarlo, hasta esa maldita noche...

Era muy linda, cuando le pedí que subiera dudó, pero entonces le mostré mi tarjeta de fotógrafo y le ofrecí tomarle unas fotos para presentarla en la revista en la que trabajaba, aceptó, cuando menos lo pensé ya estaba cargando su cadáver a "mi lote". Apenas pude excavar un poco pues unos malditos perros comenzaron a aullar llamando la atención y después a pelear entre ellos por despojos... los que yo había dejado. Tal vez todo hubiera pasado por desapercibido, pero un transeúnte gritó llamando a los vecinos, todos salieron y como pude cubrí a la chica con tierra y escapé a buscar refugio, me mantuve ahí entre las casas observando, escuché las sirenas y corrí por mi cámara para disfrazarme entre la multitud. Lo que paso después, el descubrir que la mujer estaba viva arruinó mis planes, el haber dejado una pista tan obvia como fue mi tarjeta, no deshacerme del vehículo, todo eso me ha llevado a este momento.

Ya no oigo sus "ladridos", quizá han soltado a su presa, el silencio de la noche es interrumpido por un silbido lejano, no lo había percibido, es un tren, posiblemente de carga, es mi única esperanza. La noche siempre ha sido mi única aliada, debo correr, lástima, me gustaba este lugar, si no hubiera sido tan descuidado nunca las hubieran encontrado, pero la edad ya me está pesando, debo iniciar nuevamente en otra ciudad.

Elena

LAURA ELENA PONCE

"Desventurados errores de la naturaleza."

Torcuato Luca de Tena

—¡Un día de estos, me voy a colgar con un mecate! ¡Me tienen hasta la madre! ¡Estoy harta! ¡No estoy dispuesta a soportar más! ... O me aviento de un puente, que se enteren de todo lo que me han hecho... ¿Qué se creen?

Las visitas de los hijos y nietos, se han vuelto esporádicas. Cada reunión familiar: velada, festejo de cumpleaños, bohemia, termina en drama. Elena aprovecha cualquier pretexto para discutir. Nada le satisface, exacerba el más mínimo detalle para ventilar su molestia. Provoca discusiones sin sentido: con sus hijos, amigos. Su esposo, hace como que la escucha, calla y observa... Siempre es lo mismo, los invitados o la familia. Se empiezan a inquietar pasadas algunas horas. Saben que muy pronto se van a presentar los desagradables circos, montados por Elena.

Ya nada más se ríen, voltean a mirarse y empiezan a despedirse. Mientras, Elena piensa. "Ellos son los responsables de mi actitud. No me comprenden, creen que estoy loca, estoy más cuerda que nunca, me tratan como su tonta, saldré adelante, con o sin ellos. Yo soy la que importa, soy primero yo, después yo y sigo yo..."

Los hijos deciden visitarlos. Elena empieza con reproches: Su falta de cuidado con ellos. "Es que no les importamos. ¡Para sus amigos si tienen tiempo! Aquí vienen de visita de Doctor. ¡Viejos apestosos, para que visitarlos! Ahora si les dieron ganas de venir. Yo, aquí enferma, ni quién cuide de nosotros... Tu padre los necesita, yo no, yo estoy bien". Sobran las recriminaciones.

En un taller que se está impartiendo en un programa cultural de la región. Dirigido a padres jóvenes. Que se graba en vivo. Promueven la importancia de fomentar la lectura en casa. Elena es una de las exponentes. Todo iba muy bien, hasta llegado el momento de intercambiar conversación con los padres: su mirada se volvió al infinito, perdida, no veía al centro de la charla, empezó a frotar sus manos hasta volverse un movimiento recurrente, su pie izquierdo no deja de bailar, apoyado en metatarso, voltea a su alrededor, su proceder es la de una niña desorientada. Se veía insegura, inquieta, como desorbitada.

Sus compañeros expositores se acercan a ella, ella los rechaza. Se aleja. Encoge sus hombros y con pasos muy cortitos se va retirando de las cámaras. Inhibida, hasta llegar a un rincón del foro. Los padres también se inquietan, voltean a verse confundidos con su actitud, encogen sus hombros, levantan las manos con las palmas hacia arriba, en son de interrogante. Algunos de ellos se ponen de pie, con el fin de apoyarla. Está suspendida en plena charla. Como hipnotizada. "Escucho unas voces que murmuran en mis oídos. ¡Estos son fantasmas!" Parece que susurraran a su oído seres no terrenales. Dialoga con esas voces, se queda atenta, agudizando sus sentidos. Fija su mirada en un caballero del público, refiriéndose...

—¡Padre, no te vi llegar! ¿Ahora sí me vas a acompañar al teatro? Ven, vámonos porque se hace tarde. El hombre inmóvil, desconcertado, ante la mirada de los observadores.

Elena cambia de perfil en segundos.

—¡Quieren hacerme quedar en ridículo, por eso estoy aquí!

"Esta gente, ¿qué hace? Siguen envidiando mi estatus".

El Staff, la apoya para retirarse. Elena, no deja de hablar, dice y dice incoherencias, hasta salir de la sala.

Imposible manejar hasta su casa... No es la primera vez que le sucede. Algo está pasando... Elena es otra, requiere apoyo.

Es viernes, están en una exposición de pintura. Música de Jazz apenas perceptible. Una sala con grades ventanales, spots para iluminar las obras de artistas de la región. Entre ellos su esposo. Al entrar los reciben con aplausos, su marido es el coordinador del evento y con mayor número de obras expuestas. Saludan a la familia y a los amigos. Su esposo atiende a los invitados, agradeciendo que aceptaran la invitación.

Se dieron cita amigos, familiares y artistas que admiran a su esposo.

Elena va al tocador a retocarse el maquillaje. Al entrar al sanitario, se traba la perilla, es tanta su insistencia, que al desasirla se queda con ella en la mano derecha. Inste ayuda, en segundos se vuelve una exigencia.

—Alguien que me ayude, por favor, estoy atrapada.

Trata de salir por la parte de abajo, el espacio es muy pequeño, ¡El tamaño de la puerta no le permite trepar! "¿Y ahora qué?" Piensa, mientras comienza a gritar, pero el volumen de su voz ahogada no ayuda. Es imposible, hay música en la sala de exposición.

—¡Estoy encerrada!, tengo miedo, no puedo respirar. Por favor, por favor. ¡Hay muy poco oxígeno aquí!

"Algo me impide gritar, pedir ayuda, mis cuerdas bucales no emiten sonido. Alguien trata de envenenarme. Me siento mal, tengo nauseas…"

Comienza entonces a vomitar algo verde… Estará envenenada de verdad. "Quieren matarme…"

Se sienta en la taza del inodoro, ¡Cada vez más débil! "Siento que voy a desmayarme". Se desvanece, y poco a poco, va cayendo entre la taza y el dispensador de papel. El sudor la ha empapado por completo.

"Nuevamente aparecen esos hombres danzando a mi alrededor, con tambores y penachos, unos sentados fuman una pipa que intercambian, conforme van pasando los danzantes. Tirada en el piso sobre un petate de palma, escucho los cantos, una fogata que ilumina el espacio, me permite ver los niños que corren con varas en su mano, carcajean y gritan, para alcanzar a los otros… Trato de reconocer el lugar sin conseguirlo".

"Han pasado solo segundos… sigo inconsciente. Trato de incorporarme, imposible, Escucho una voz: *Elena, Elena, ponte de pie. ¡No te dejes vencer! ¡Párate! ¡Acuérdate que ellos están esperando una oportunidad para acabar contigo, tú puedes, lo vas a lograr! ¡No permitas que te hagan daño, levántate!*

Se incorpora tomándose de las mamparas, mareada aún… Empieza a respirar y trata de recuperarse.

"Ha vuelto mi conciencia, aunque no me siento bien. Quiero gritar, pero sigo sin voz, me altero al grado de golpear la puerta con mis puños. Entre mis súplicas y las voces, escucho que entra una mujer, su voz es grave, trato de reconocerla. Estoy en shock, no escucho sus palabras. Solo un murmullo. Ella trata de calmarme... ¡Por la cantidad de taconeos, creo que sale hasta la puerta por ayuda! Sigo extenuada. Nuevamente pierdo el conocimiento..."

El personal del Centro Cultural, ha desmontado la puerta, les asombra las condiciones en las que se encuentra. La sacan. Tiene sangre entre sus dedos, corre por sus antebrazos. "¡Estoy echa un desastre, mi ropa son jirones manchados de sangre, mi cabello lo he arrancado a puños!" Está inconsciente, llegan los paramédicos. La llevan al hospital en una ambulancia. Esa noche ha dormido fuera de casa".

Al día siguiente. No recuerda nada.

Sus descendientes han buscado cómo ayudarla. Elena al darse cuenta que andan buscando terapia emocional, les pide se alejen. Huye al hablar del tema... su cónyuge tiene prohibido sugerirle terapia psicológica. Se le echa encima como una fiera...

Con los vecinos que antes celebraban la vida, hoy le huyen, sale a barrer la banqueta. La ven, y empiezan a guardar la escoba, el cepillo, el recogedor.

"¡Gente sin educación! ¿Qué les pasa? Antes nos llevábamos bien, se organizaban veladas de vecinos. A mi esposo y a mí nos encantaba ser anfitriones..."

Eran unas noches bohemias donde se cantaba, se escuchaban guitarras, un buen vino, bocadillos. Noches muy gratas. Y ahora, ya nadie la saludaba. "Cada vez se van perdiendo más los valores, antes los vecinos eran como de tu familia, ahora ya no quieren ni saludarte. Hasta parece que están perdiendo el sentido." Comienza pensando y termina hablando, como siempre.

"Hoy me siento muy sola. Me resisto a salir. No asisto a los cafecitos con mis amigas porque creo que me invitan por compromiso. Al estar frente a ellas me siento ajena a sus charlas, no encajo. Empiezan con sus comentarios, como queriendo intimidar. *Acá entre nos... Esto es un secreto a voces. Solo a ustedes se los cuento, porque les tengo toda la confianza. Yo le dije, soy una tumba.* ¡Hipócritas! Son puras simulaciones, se la pasan hablando unas de otras, no quiero volver a salir con ellas: chismosas, mitoteras. Me buscan por conveniencia. No vuelvo a salir con ellas. No las soporto... Prefiero no tener amigas."

"Ayer fui al mandado. Salí corriendo del super, una gallina desollada me correteaba por los pasillos, mujeres decapitadas en la carnicería, niños greñudos y sucios con un solo ojo. ¡Un hombre: cojo, con una sola muleta, vestido con harapos, chimuelo, ¡riéndose a carcajadas! Una mujer vestida de jirafa, tratando de alcanzar los cereales... Las cajeras exageraron su arreglo, se veían ridículas."

Al llegar el estacionamiento, trata de subirse a su auto, éste no responde, no abre con el sensor, empieza a perder la calma, insiste, jala las manijas para abrir, hasta que las destruye... Sus gritos se oyen por todo el centro comercial. Pierde el control. ¡Sigue gritando, va y viene, con pasos apenas perceptibles! No deja de balbucear, habla, habla y habla.

"Mi respiración se vuelve agitada... Percibo a un chico en su auto, ese joven, baja de su carro, Toma mi control, lo presiona, mi carro responde con su típico *pip pip*, está en la fila de enfrente... el chico se despide."

Éste es el infierno, no ocupas morirte para llegar a él...

Al verse en el espejo enflaquecida, acomodando los pocos cabellos que le quedan, tras ella, percibe una imagen, desdibujada. Observa nuevamente al espejo. Se ve vieja: Llena de arrugas, con manchas en la piel, delgada al extremo, sus ojos rezuman: tristeza, agonía, dolor. Ha olvidado sonreír.

Titubea, fija su atención, ignora de quién se trata. No se reconoce. Imposible aclarar sus pensamientos atormentados. No logra clarificar la imagen. Se atreve a entablar conversación con la imagen del espejo. No recibe respuesta. Esto se vuelve un monólogo.

"Tienes que cuidarte, mira nada más, arréglate un poquito. Tu cabello no es el de antes."

Toma unas tijeras, con delicadeza empieza a cortar su cabello. ¡Quería parecerse a la luna! Acaricia su rostro con la punta de las tijeras, sigue al hombro, suavemente baja por el antebrazo, llega al dorso de la muñeca, hilos de color naturaleza, decide cortarlos, la ligereza de la tinta corre por su mano, pinta de tinto: al índice, pulgar y meñique. Gota a gota va cayendo el elixir de los murciélagos. Golpea y salpica al caer, lo disfruta...

LA VIDA

Se construye por instantes
Tan solo segundos para nacer
Segundos para morir
Creados para amar y disfrutar
De las tristezas no vives... Mueres.

Los muertos estamos en cautiverio, aislados, olvidados en el cementerio. Atrapados en un mundo de tierra y polvo. El silencio es nuestro mejor aliado vestido de color ocre. Nada causa sorpresa, todo va y viene igual. La pesadez de nuestros párpados, no permite ni siquiera entreabrir los ojos.

La soledad pesa como un costal de arena movediza, de esa que sobrepasa la timidez y el silencio... de ésa donde entras y no puedes salir más.

Aquellos que vivimos en las penumbras sabemos de la lejanía, del olvido y del color de la piel sin sol. No sabemos de habitaciones a media luz, con velas y champaña para sentirnos románticos. La oscuridad es el día a día, y la noche a noche.

LA MUERTE

La vida es la muerte,
Conserva tu gracia, no pierdas el brillo.
También en la muerte se ama,
No olvides amar en esta vida.
La muerte te espera, no saques ventaja
Pues cada palabra sirve de aliento.
Ama, perdona y vuelve a amar.

El Castillo de las Flores

ANA MARGARITA ANDRADE PALACIOS

En medio del pequeño pueblo de Sinhgodd enclavado en el extremo noreste del Lago Mealladh Milis, lleno de verdes y frescas colinas, todos los lugareños rodeaban el cuerpo de la bella Ely tendida sobre flores marchitas y con los ojos abiertos, opacos, casi descoloridos con la expresión de terror en ellos, y la boca pálida, reseca, en una mueca de un grito ahogado, con el rostro chupado, extremadamente delgado.

Todos murmuraban, pero nadie se atrevía a comentar nada en voz alta, sólo desde atrás el hombre más humilde del pueblo dijo con voz potente: "otra más que confía en lo que no debe, y busca lo que no debe, ¿a ver cuándo van a aprender?" Nadie se atrevía a preguntarle o responderle, porque, aunque parecía más un indigente por lo gastado de sus ropas; siempre hablaba con propiedad, desconocían sus antecedentes, pero la sola expresión de su mirada transmitía una poderosa autoconfianza y una evidente sabiduría. Su sobrina Hannah era una bella y dulce joven que se distinguía por prudente y amable y que además quería y cuidaba de su tío como a un padre. Estaba a su lado, tomada de su brazo como de un refugio seguro, manteniendo en el rostro una expresión de compasión.

De repente se oyeron gritos y llantos que venían a toda prisa, los padres de la joven muerta. Su madre llegó a abrazarla y su padre se golpeaba atormentado duramente la cabeza, la imagen, aunque desgarradora era ya común en el pueblo, por lo que los pobladores empezaron a retirarse quedándose sólo los familiares cercanos.

Un poco más tarde en la casa de la sra. Lolly, la mujer más comunicativa, hablaba con secrecía con su vecina, mientras Ada y Arlet, sus dos hijas adolescentes preparaban la comida y escuchaban atentas la conversación de su madre con la vecina Nyssa.

¿Viste que estaba igual que las otras, pálida, como chupada de la cara y con esa expresión de terror que provoca miedo? Preguntaba la señora Lolly a la vez que se frotaba las manos en su falda, buscando secar el sudor nervioso que de ellas emanaba. Sí, da terror mirarlas, afirmaba su vecina.

No puedo evitar pensar en mis hijas. Volvía al tema la señora Lolly, con la mirada un tanto perdida, y luego mirando fijamente a sus hijas, las observaba detenidamente, una morena y alta de ojos violetas, la otra rubia, de ojos verdes y muy entusiasta, pero ambas hermosas. Ya ves lo que dijo Don Adbeel: "otra más que confía en lo que no debe y pide lo que no debe", repitió pausadamente.

Tal vez se refiere a la leyenda del Castillo, de los príncipes y todo eso, ¿verdad?, mencionó la vecina.

¡Shhh, silencio, yo no les he dicho nada y no quiero que sepan!, le advirtió abruptamente la señora Lolly a su vecina, y esta hizo el ademán de cerrarse la boca con un cierre, lo que conformó a su vecina.

Bueno ya me voy vecina, voy a ver si mi hija ya está adelantando lo que le pedí para la comida, las de usted ya van muy avanzadas y no ha de tardar mi esposo en querer comer, así que luego seguimos. ¡Nos vemos chicas! Se despidió.

¡Hasta luego Doña Nyssa, más tarde vamos a ver a Laia! Dijeron al unísono. ¡Sí, claro chicas, nos vemos! Y se fue.

Después del almuerzo y habiendo caído el sol, las chicas hablaban en voz baja en su habitación, sobre lo que habían escuchado de la vecina, lo que les despertó gran curiosidad.

¿Qué habrá querido decir con eso de: un castillo y príncipes?, preguntaba Arlet con una gran sonrisa de entusiasmo. ¿Acaso hay un castillo y príncipes en él?, volvía a preguntar. ¡No lo sé, pero a mí también me intriga! Reconoció Ada a la vez que doblaba y acomodaba ropa limpia. ¡Pero no podemos preguntar nada, porque si eso tiene que ver con las muertes de las jóvenes en el pueblo, pues me da miedo!

¡Ay hermana, pues a mí me da mucha curiosidad y no voy a parar hasta saber la verdad, porque si existe una sola posibilidad de tener trato con un príncipe, ni loca me lo pierdo! Dijo entusiasmada Arlet. ¡Pues estás loca desde ya, porque oíste que tal vez esté relacionado con las muertes, así que no, déjalo ahí! Le advirtió tajante Ada.

Bueno podemos hacer algo para salir de dudas, le podemos preguntar a Laia, y que nos cuenta lo que sabe su mamá, y así pues yo despejo mi curiosidad y tú sabrás de qué cuidarte, ¿sí? Le preguntó persuasiva Arlet a su hermana mayor. ¡Bueno, está bien, tienes razón, hagámoslo, pero sólo eso!, remarcó Ada. ¡Sí, sí, está bien!, celebró feliz Arlet.

Habiendo caído el fresco de la tarde, las hermanas le avisaron a su mamá que irían a platicar con su amiga de al lado.

¡Laia! ¡Laia! ¡Buenas tardes Sra. Nyssa!, saludaron casi simultáneamente. ¡Buenas tardes chicas, ahí viene Laia!, ¡Gracias!, mientras Laia se acercaba a ellas sonriente, acomodando sus rizos rojos en una trenza.

¡Hola chicas! ¿Qué andan haciendo? Les preguntó mientras se sentaba en una mecedora y les invitaba a sentarse, pero ellas se negaron.

¡No! ¡Queremos hablar contigo de algo muy serio y no puede ser aquí, tenemos que salir a caminar al bosque para caminar y hablar con libertad, es importante! Le dijo en un tono bajo y serio Arlet.

¡Uy, tú seria! ¡Qué raro en ti! Se sonrió Laia.

¡No es broma, es en serio! Dijo Ada, apoyando a su hermana.

¡Bueno, bueno, está bien, le voy a avisar a mi mamá! Y fue a comentarle.

Una vez hubieran salido, cruzaron la calle para internarse en el bosque que tenían enfrente, avanzando hacia el desnivel que desembocaba en un pequeño riachuelo mientras se sentaban en unas grandes rocas para disfrutar de la sombra y del fresco. Una vez que se acomodaron. A ver, ¿de qué se trata? Les preguntó curiosa y sonriente, haciendo que sus ojos verdes se le iluminaran intensamente, como era común en ella.

¡Queremos saber la leyenda sobre un castillo y príncipes y que tu mamá y la mía creen que pudiera estar relacionado con las muertes de las chicas en el pueblo, dinos, al parecer todos la saben, pero nosotras no! Le dijo directamente Arlet.

Laia dejó de sonreír y negó con la cabeza. ¡No, no puedo, se lo prometí a mi mamá! Y estuvo a punto de levantarse cuando intervino Ada.

¡Míralo como que nos adviertes y de esa manera nos cuidas! ¿Sí? Y la miró suplicante.

Laia se quedó dubitativa por lo que pareció un largo momento, resopló y dijo: ¡no puedo, lo prometí, lo siento! Se levantó y se fue subiendo hasta llegar a la calle, cruzar y entrar en su casa.

¿Qué será que ella, que es tan expresiva no se atreve a decirnos nada? Se preguntó en voz alta Arlet. ¡Hay que insistirle!

¡No, por algo no se atreve, dejémoslo así! ¡Vámonos!, Determinó Ada y se dispuso a regresar a su casa mientras su hermana pequeña hacía un mohín de enfado, resistiéndose a levantarse, pero no teniendo otra opción.

Transcurrieron los días, como suele ser en un pueblo en donde todos trabajan en una cotidianidad, cuando habiendo pasado casi dos semanas, de nueva cuenta se volvió a encontrar a otra chica del pueblo en similares circunstancias que las anteriores. En esta ocasión era la hija del tendero del pueblo, una joven en plenitud, pero igualmente marchita y con terror en su mirada. Ada y Arlet al enterarse salieron corriendo para mirar desde atrás sin que su madre les viera, y de igual forma estaba Laia. Se miraron en silencio y Laia bajó la mirada para retirarse del lugar.

Cuando casi llegaba a su casa, las hermanas la alcanzaron y le impidieron avanzar, ¡Dinos! ¡Debemos saber! ¿O quieres que alguna de nosotras acabe igual? Le preguntó Arlet en tono molesto. Laia hizo el intento por avanzar, pero Laia la seguía reteniendo. ¡Chicas, yo no sé mucho, se los juro! Admitió Laia.

¡Pero al menos sabes algo! ¡Dinos! Le volvió a insistir Arlet. ¡Bueno, está bien, pero ahorita no, al rato en el mismo lugar! Aceptó Laia, y se marchó a su casa.

Más tarde, siendo un día silencioso, triste y un tanto nublado, como era cada vez que aparecía muerta una joven; las chicas se volvieron a reunir en el pequeño riachuelo.

¡Ahora sí, dinos! ¿Qué sabes?, le preguntó Ada firmemente.

¡Pero deben de jurar no decir nada a nadie o tendré problemas!, ¿ok? Advirtió Laia.

Las hermanas se miraron mutuamente y dijeron: ¡Lo juramos!

Bueno, sólo escuché en una ocasión, que: después de las colinas boscosas que nos rodean, hay un viejo castillo frente a un hermoso lago, rodeado de una extensión enorme de verde pasto y flores bellas y que si van ahí las chicas y piden un príncipe se les concede, pero no sé cómo, eso es todo lo que sé, es verdad. Y no sé cómo está relacionado con las muertes, quien ha relacionado lo uno con lo otro ha sido el Sr, Adbeel pero nadie se atreve a preguntarle y Marie, su sobrina es muy prudente, nunca dice nada de más, además dicen que ellos se la pasan rezando o algo así. Se ha llegado a creer que son suposiciones de él, como ya está grande, pero lo cierto es que nadie sabe quién daña a las chicas, reconoció Laia encogiéndose de hombros.

¡Oooh que historia más interesante! Dijo Arlet con una media sonrisa.

¿Habría que saber por qué el Sr. Adbeel relaciona una leyenda de príncipes con las muertes? Comentó pensativa Ada.

¡Seguramente son figuraciones suyas, que no tengan nada que ver lo uno con lo otro, quizás algo o alguien acecha en los alrededores y ataca a las jóvenes solas, eso ha de ser! Decía confiada Arlet.

¡Pues yo no sé, pero sí da en qué pensar! Dijo Laia preocupada. ¡Aunque reconozco que la idea de Arlet también podría ser cierto! Admitió.

¡Pero sería interesante comprobar lo de la leyenda de los príncipes, tal vez sea sólo una leyenda, pero y si no, imagínense casadas cada una con un hombre rico, poderoso, que te ponga el mundo a tus pies, te llene de joyas y vestidos hermosos, con mucha servidumbre para ser atendida como una princesa y ser la envidia de las demás que se conforman con los chicos del pueblo! ¿A poco no les gustaría? Les preguntó eufórica Arlet. ¡Deberíamos de ir las tres juntas y comprobarlo, si vamos juntas nos podemos cuidar y defender!, ¿Qué dicen? Les insistía. ¿O no quisieran descubrir la verdad? ¡Podríamos dar aviso sobre lo que está acechando y que lo busquen!, Arremetió insistente.

Después de un momento de compartir sus dudas, las tres confesaron tener la misma curiosidad, por lo que antes de caer la noche acordaron que al día siguiente descubrirían la verdad y darían aviso.

Ese día más tarde avisaron en sus casas que al día siguiente querían ir a recolectar fruta para empezar a hacer las conservas para las próximas festividades del pueblo, ya que eso era normal, pues el área frutal estaba sólo un par de kilómetros adelante siguiendo la línea del riachuelo.

Siendo temprano, después del desayuno, tomaron canastas, morrales y machetes para ir a recolectar fruta, según la versión dada en casa.

Caminaron alegres hasta llegar a las colinas circundantes y una vez ahí se detuvieron emocionadas, y corrieron cuesta abajo al ver a lo lejos el castillo rodeado de flores. Una vez llegaron, se detuvieron en la entrada, la cual estaba ligeramente abierta.

¡Bueno, ya estamos aquí, hay que hacerlo! Dijo decidida Arlet y fue la primera en entrar, por lo que su hermana y amiga le siguieron.

Vieron todo con decoración medieval en buen estado, admiraron asombradas el recibidor en que no dejaron de prestar atención a cada adorno de brocado en hilo dorado en las gruesas cortinas que adornaban los grandes ventanales con balcón, los candelabros de estilo francés, jarrones de cobre con incrustaciones que parecían de oro con muchas flores bellas y frescas en ellos. Se sonrieron de emoción, al parecer era verdad, podría haber príncipes ahí.

Arlet impaciente, empezó a llamar, ¡Hola!, ¡Hola!, ¿Hay alguien?

¡Shhh! ¡Se prudente, es un castillo! Le recordó su hermana.

¡Yo creo que no hay nadie, hay que irse! Dijo Laia

¡Creo que fue muy atrevido entrar sin invitación! Concordó Ada.

¡Pero la leyenda dice que si quieres un príncipe, que vengas aquí y que lo pidas! Acotó Arlet cada vez más impaciente.

¡Y es verdad mis bellas flores!, dijo detrás de ellas una señora mayor con un uniforme antiguo de servidumbre y rostro risueño. En ese momento las chicas sintieron un cierto frío, pero no prestaron atención.

¡Sí ustedes quieren un príncipe, sólo pídanlo!, les invitó amablemente la mujer.

¡Pues yo quiero un príncipe!, dijo firmemente Arlet e instó a sus acompañantes a pedirlo también.

¡Yo también quiero un príncipe!, dijo Laia sonriente, restaba Ada, quien dudaba.

La mujer un tanto intranquila también la instaba a pedirlo, ¡Vamos pídelo! ¡Di que quieres un príncipe y tal vez se te conceda! ¡Vamos bella joven, pídelo!, le insistía la mujer, acercándose un poco a ella.

Ada retrocedió y dijo: ¡No! ¡No creo que esté bien pedir algo tan grande así nada más como dice el Sr, Adbeel! ¡No creo que sea tan fácil!

¿Por qué no lo sería ante tanta belleza? ¡Su pureza y belleza es el mayor valor y atractivo que tienen para aportar, tanto que hasta un príncipe quería luchar por ello! ¿No crees valer tanto?, le preguntó directamente la mujer.

¡Claro que valgo!, afirmó Ada, está bien, ¡Yo también quiero un príncipe!, y las otras chicas sonrieron.

¡Váyanse a los alrededores, y si quieren pueden cortar mucha fruta y tal vez se encuentren con una sorpresa!, les invitó gentilmente la mujer.

Las chicas aceptaron y vieron que a la derecha del castillo había muchos árboles cargados de frutas, por lo que se dirigieron nerviosas y risueñas.

Empezaron a cortar frutas cuando de repente aparecieron tres jinetes a lo lejos y conforme se iban acercando se pudieron dar cuenta que eran jóvenes bastante atractivos, se admiraron sobremanera. Pues iban vestidos como verdaderos príncipes con ropas elegantes, camisas empuñadas de seda, pantalones de montar y botas altas de piel.

¡Hola bellas doncellas, nunca las habíamos visto por aquí!, les dijo uno joven alto y rubio quien no dejaba de mirar a Arlet.

¡Pero hermanos, no nos hemos presentado!, dijo el mayor de ellos y admiraba a Ada.

¡Es verdad! ¡Nos presentamos, somos los príncipes Aldo, es el mayor, Ivo, el mediano y yo Froilán, el menor!, dijo mientras los tres hacían reverencia aun sobre sus caballos.

¡Oh, no me lo puedo creer!, dijo emocionada Arlet.

Después de ello, los tres se bajaron y le dieron el brazo a cada joven, ¿porque no nos permitimos conocernos un poco más, sólo un rato, para que no lleguen tarde a casa, están de acuerdo mis bellas damas?, pregunto Aldo educadamente.

A lo que las tres estuvieron de acuerdo y se tomaron de sus brazos yéndose cada una por una senda diferente para tener privacidad.

Después de lo que pareció un breve periodo, en cierto momento las tres se sintieron un tanto débiles cada vez que el príncipe se acercaba más, hasta en cierto momento sentirse sin fuerzas para levantarse.

¡No sé qué me pasa, pero me siento cansada, un tanto débil! ¡Creo que debo de irme!, dijo aturdida Ada.

¡No, todavía no, aún falta lo mejor!, le dijo Aldo con una sonrisa extraña, mientras le iba abriendo su vestido, exponiendo su desnudez. ¡No por favor! ¡No por favor! ¡Príncipe, por favor, usted debe de ser un caballero!, le dijo intentando tocar la fibra de decencia en él.

A lo que se soltó en una carcajada siniestra. ¡Es verdad, soy un príncipe, pero de hace cientos de años!, le dijo con voz sepulcral mientras le abría las piernas y la penetraba con fuerza transmitiéndole toda la frialdad fúnebre que emanaba de su cuerpo y ella entendiendo sólo hasta ese momento lo que estaba pasando, emitió un grito desgarrador seguido por otros dos más, quedando con el rostro aterrorizado y extinta de vida y luz en su interior. Una vez que su sangre virginal empezó a gotear, más flores bellas empezaron a brotar a los alrededores del castillo.

Más tarde, cerca del anochecer, se escucharon gritos de espanto al descubrir el cuerpo de las tres jóvenes que al igual que las anteriores dibujaban un rictus de terror en su mirada.

Sus madres al enterarse gritaron con la misma desazón que las madres anteriores pero la Sra. Lolly queriendo entender, corrió hacia la casa del Sr, Adbeel y arrodillándose ante su puerta le suplicó: ¿Por qué? ¡Usted sabe! ¿Dígame por qué?, le suplicaba mientras se golpeaba el pecho y se ahogaba en lágrimas. ¡Dígame, dígame por favor!, le suplicó casi sin fuerzas.

El señor Adbeel se levantó de su silla y caminó despacio hacia la puerta, guardó silencio y la miró con compasión.

¿Por qué, dígame por qué?, le suplicaba nuevamente la señora, con el rostro cubierto de lágrimas.

¡Porque enseñan a sus hijas a ser princesas y a soñar como princesas y no como mujeres, y cuando creen tener la posibilidad de tener un "príncipe", no les importa averiguar si este lo es de verdad o de ultratumba!, ante esta última palabra la señora Lolly abrió los ojos como platos y se llevó las manos al pecho. ¡No les enseñan a merecer a un hombre de verdad, aunque éste al inicio no parezca un príncipe! ¡Piden a poderes ocultos creyendo que nadie escucha, en lugar de pedir al camino de la verdad; yo hace mucho al llegar, se los quise transmitir, pero prefirieron ignorarme, ahora están perdidos, sin protección y en desconsuelo, ¡ustedes así lo eligieron!, dijo esto último dándose la vuelta para meterse a su cuarto a orar, poniéndose su sotana y arrodillándose en un reclinatorio.

Al día siguiente vieron como el Sr. Adbeel se iba del pueblo en una carreta con su sobrina, llevándose sus pocas pertenencias.

Al verlo pasar, las madres dolientes corrieron a él y le rogaron que no se fueran, que ahora si lo iban a escuchar, a lo que él se negó.

Desde entonces, todavía siguen apareciendo jóvenes muertas pero cada vez con menos frecuencia, hasta volverse un pueblo con almas fantasmas.

Made in the USA
Columbia, SC
01 November 2023